COLLECTION P PHILIP
ET COLLECTIONS DIVERSES

ANTIQUITÉS
ÉGYPTIENNES
GRECQUES
ET ROMAINES

PARIS
1905

D.04013

Antiquités Égyptiennes
Grecques et Romaines

CONDITIONS DE LA VENTE

Elle sera faite au comptant.

Les acquéreurs payeront 10 p. 100 en sus des enchères.

Le titre des métaux précieux n'est pas garanti.

Antiquités Égyptiennes Grecques et Romaines

Appartenant à

P. PHILIP

et à divers Amateurs

SCULPTURES, PEINTURES, BRONZES, ÉTOFFES, FAIENCES, FIGURES DE TANAGRA, VERRES IRISÉS

DONT LA VENTE AURA LIEU

Les 10, 11 et 12 Avril 1905, à l'HOTEL DROUOT

Salle n° 11

Commissaire-priseur : Me **LAIR-DUBREUIL**, 6, rue de Hanovre.

Expert : **M. S. BING**, 10, rue Saint-Georges.

EXPOSITIONS :

PARTICULIÈRES : Chez M. S. BING, du 1er au 5 avril 1905,
Et à l'HOTEL DROUOT, le 8 avril 1905.

PUBLIQUE : A L'HOTEL DROUOT, le 9 avril 1905.

De 2 heures à 6 heures.

PREMIÈRE PARTIE

ANTIQUITÉS ÉGYPTIENNES

Nᵒ 710.

L'ART ÉGYPTIEN SOUS LES DIVERSES DYNASTIES

Ire Période. Dynasties légendaires ou divines.

IIe Période. Ancien Empire, ou *Empire Memphite,* allant jusqu'à l'année 3500 avant J.-C.

    a. 1re à 5e dynastie : Premiers développements de l'art.

    b. 6° à 10e dynastie : Décadence amenée par des guerres civiles.

IIIe Période. Moyen Empire ou *Premier Empire Thébain.* Règnes des *Amenemhaït* et des *Ouserlesen,* allant de l'an 3500 à l'an 1800 avant J.-C.

    a. 11e à 13e dynastie : Retour à l'art des premières dynasties.

    b. 14e à 17° dynastie : Nouvel appauvrissement du sentiment artistique.

IVe Période. Nouvel Empire ou *Deuxième Empire Thébain.* Règne des *Ahmès* ou *Amosis,* des *Amenophis,* des *Thoutmès* et des *Ramsès,* allant de l'an 1800 à l'an 1200 avant J.-C.

    a. 18e dynastie : Epanouissement suprême de l'art.

    b. 19e à 20e dynastie : Légère décadence.

Ve Période. Période Saïte. Règne des *Psamétique,* allant de l'an 1200 à l'an 342 avant J.-C.

    21e à 30e dynastie : Dernier et splendide essor de l'art national, avec, vers la fin, une lente évolution vers l'art grec mélangé à des essais de retour vers l'art primitif.

VIe Période. Période intermédiaire. Deuxième conquête persane avec Artaxercès III (342 avant J.-C.) et conquête grecque avec Alexandre (332 avant J.-C.).

VIIe Période. Période ptolémaïque ou grecque. Règne des Ptolémées, allant jusqu'à l'an 30 avant J.-C. : brillant mélange des arts importés par les invasions et les conquêtes (*Art Alexandrin*).

VIIIe Période. Fin de l'époque *ptolémaïque* et période romaine se terminant par l'époque copte : Transformation de l'art égyptien dans le sens des arts occidentaux.

No 7.

N° 82.

Cercueils et sarcophages[1]

1. — Fragment de couvercle d'un sarcophage en pierre calcaire, datant du Nouvel Empire. Long. 0,50.

2 et 3. — Fragments de sarcophage de même époque. Long. 0,40, 0,38 et 0,30.

4. — Couvercle de sarcophage anthropoïde ; même période que les précédents. La pierre est calcaire en beau grain, compact et brillant, sorte de calcaire oolithique qui se polit comme du marbre. C'est un spécimen intéressant des sarcophages en pierre, auxquels on donnait à cette époque la forme d'une momie. Long. 1,89.

[1] Les plus anciens cercueils sont en général rectangulaires. A partir de la XI⁰ dynastie, ils prennent la forme humaine. De coloris assez simples d'abord, ils s'enrichissent beaucoup à partir de la XVIII⁰ dynastie, offrant des ornements à profusion, des scènes mythologiques ou funéraires. Les sarcophages étaient des cuves de forme rectangulaire où l'on plaçait les cercueils. On en trouve de très beaux à toutes les époques, mais il faut arriver à Séti 1ᵉʳ, XVIII⁰ dynastie, pour trouver les décorations somptueuses, les inscriptions gravées avec un art admirable qui se continuera durant aussi tout le cours de l'époque Saïte.

*5. — Couvercle de sarcophage anthropoïde en pierre calcaire de
l'époque ptolémaïque, divisé verticalement par deux lignes d'inscription hiéroglyphique qu'encadrent huit génies : sur la poitrine, surmontant l'inscription et suspendu à la façon d'un pendentif, se trouve
un petit naos enfermant la triade Osiris, Sokar et Isis; ce pendentif
se rattache au collier honorifique dont on aperçoit les ornements
entre les retombées de la coiffure. Aux pieds du couvercle, les deux
chacals sur leurs naos et le kerp regardent la tête du sarcophage. La
coiffure, la barbe postiche, les bandelettes qui la soutiennent, les
sources, le tour des yeux sont d'une belle teinte bleu pâle, le globe
des yeux et le collier sont noirs, le visage est doré, les vignettes et
l'inscription sont rouges. Ce couvercle est au nom d'un personnage
appelé *N'-hor*, *juste de voix*, *né de la dame Hiou juste de voix*. La
suite du texte ne diffère pas des louanges habituelles. Une ogdoade
de génies dont les quatre funéraires encadrent l'inscription. Restauration légère des peintures. Haut. 1,97.

6. — Fragment antérieur d'un couvercle de sarcophage de même
époque , décoré de peintures et d'inscriptions hiéroglyphiques.
Haut. 1 mètre.

7. — Sarcophage Nouvel Empire. Cuve quadrangulaire en bois
de sycomore que surmonte un couvercle cintré, dont le sommet aplati
porte une inscription. Les deux cintres sont décorés d'une scène
funéraire ayant pour sujet le voyage du mort et de la barque solaire
sur le Nil céleste; le mort est accroupi sur une sorte de naos, tandis
que derrière lui le soleil est représenté sous la forme humaine; sur
l'autre cintre le soleil est représenté sous la forme du dieu Af. Les
côtés latéraux du sarcophage nous montrent des peintures décoratives représentant une alternance d'ornements mythologiques tels
que ta, titous, génies funéraires ; ces peintures sont surmontées
d'une inscription en sens horizontal. Les faces, antérieure et postérieure, sont décorées de scènes funéraires. Sur la face antérieure,
au-dessous d'un proscynème comprenant le disque ailé et les deux

chacals, l'artiste a représenté deux âmes recevant les eaux lustrales sous la protection de génies funéraires. Des inscriptions verticales et horizontales se rapportent à cette scène. Le fronton postérieur présente deux registres, l'un, avec la momie couchée sur le lit d'embaumement, entourée des chacals et des génies funéraires, l'autre avec les déesses Isis et Nephtys suivies d'Anubis, et en adoration devant l'autel d'offrandes. Entre les deux registres se trouve une inscription horizontale. Enfin, les quatre montants des sarcophages comprennent des inscriptions votives et protectrices aux génies funéraires et aux dieux et déesses de l'Amenti. Le sarcophage est au nom d'une pallacide, appelée *Ta-Kem-Hor*. Les inscriptions peintes sur le plat du couvercle et sur chacun des côtés latéraux de la cuve nous parlent de son âme, des beautés de son cœur ; elles se présentent sous forme de litanies, aux dieux et aux habitants des régions osiriennes, les appelant afin de recevoir cette âme. Sur l'un des cintres du couvercle, trois lignes d'inscription verticale. — *Le roi donne l'offrande à Osiris de l'ouest, dieu grand, maître des tombeaux, Sokar Osiris, dieu grand, qu'on adore à Panopolis, donation de chaque chose belle et pure pour ton double Osiris Ta-Kem-Hor.* Sur les côtés antérieur et postérieur, des formules funéraires. Restaurations. Long. 2,08 ; haut. 0,74.

8. — Cercueil anthropoïde en bois de sycomore. Ce cercueil, d'après son inscription, a servi de boite intérieure au sarcophage n° 7 du catalogue. Il est recouvert d'un fond rouge contrastant avec la coiffure vert sombre du visage doré, et décoré d'un pectoral polychrome d'une grande richesse. Une inscription de trois lignes verticales, se détachant en noir à la base du cercueil, reproduit le nom de la pallacide nommée au numéro précédent. Elle fait en outre mention de son ensevelissement dans la région de l'Hadès. Restaurations. Haut. 1,92.

9. — Cercueil anthropoïde, de l'époque ptolémaïque et de matière pareille au n° 7. Le fond est jaune, sauf la partie dor-

sale et la base qui sont de ton rouge et la coiffure de ton vert. Toute la face du cercueil est semée de peintures décoratives, telles que : un grand pectoral polychrome, une image de la déesse de la Vérité agenouillée entre les deux yeux symboliques, une inscription de cinq lignes verticales, dont une en partie effacée, les deux chacals renversés, et encadrés sur les côtés par deux sphinx. De chaque côté de l'inscription, les génies funéraires, les déesses de l'Hadès, etc. Tout autour de la base court une inscription. Le cercueil est au nom d'une pallacide du dieu Khem appelée *Isit-ourit*, la suite de l'inscription est une apologie de la défunte qui se lie à un texte mystique parfois assez obscur. Autour du socle, on lit la formule rituelle : *Le roi donne l'offrande à Osiris, dieu grand, seigneur d'Abydos. Sokar Osiris, donation d'offrande, etc.* Restaurations. Haut. 1,79.

10. — Trois fragments d'un sarcophage en bois peint ayant contenu le cadavre d'un prêtre. Les deux panneaux latéraux, semblables comme sujet, représentent le mort apportant des offrandes aux dieux et génies funéraires dont les noms sont inscrits au-dessus de leurs têtes. Le troisième fragment qui fut la face postérieure du sarcophage nous présente une scène de l'embaumement osirien. Haut. 0,51 ; long. 1,34 ; larg. 0,45 ; fronton 0, 49.

11. — Deux couvercles de sarcophages d'époque du paganisme romain représentant, l'un le mari, et l'autre son épouse, ensevelis : ces deux monuments sont en bois recouverts de plâtre peint, le buste de couleur brune, les têtes d'une teinte blanchâtre, les yeux incrustés de verre. Quelques inscriptions mi-hiéroglyphiques, mi-démotiques sont tracées sur les épaules ; les mains des personnages croisées sur la poitrine tiennent des bouquets symboliques. Restaurations. Long. 0,63 et 0,57.

12. — Couvercle de sarcophage ptolémaïque, décoré d'ornements polychromes. Haut. 1,70.

13. — Peinture funéraire sur bois d'époque romaine, représentant un buste de jeune fille. Haut. 0,45; larg. 0,26.

14. — Panneau en bois peint représentant un prêtre. Il tient d'une main un vase à parfums, de l'autre il fait une libation devant un bouquet de lotus. Sur la face opposée on voit un vase à libation dans une fleur de lotus. Haut. 0,55; larg. 0,18.

15. — Fragment de sarcophage en bois peint représentant les génies funéraires Hapi et Amset encadrés d'une inscription dédicatoire d'offrandes à chacun d'eux. Haut. 0,33 ; larg. 0,36.

16. — Trois momies de chat.

17. — Le crâne momifié de la prêtresse du dieu Khem *Isit-Ourit*.

Ornements et ustensiles funéraires[1]

*18. — Ornement ayant appartenu probablement à un cercueil d'époque ptolémaïque, il est en bois doré se terminant à la partie supérieure par une tête d'épervier surmontée du disque. Il est orné d'hiéroglyphes en incrustations de verre polychrome et pierres précieuses, disposés sur une seule ligne entre deux marges également incrustées. Sur le cou de l'épervier une petite mosaïque de verre

[1] Ce sont en général des pectoraux peints sur carton ou sur étoffe et que l'on plaçait sur la poitrine des momies, au-dessus des bandelettes. Parfois le corps tout entier était recouvert de cartons ou de masques qui formaient comme un troisième cercueil.

témoigne, par sa finesse exquise et sa merveilleuse technique, de l'incomparable perfection à laquelle les vieux Égyptiens avaient atteint en cet art sans pareil. Haut. 0,34.

19. — Deux objets : Collier usekh en carton doré, avec ornements polychromes. — Pectoral en carton, décoré d'ornements polychromes et fragment du masque doré, ayant appartenu au corps de la prêtresse *Isit-Ourit*.

20. — Sept pectoraux en carton, et étoffe décorés de motifs variés en polychromie.

21. — Pectoral polychrome, ayant appartenu au corps de la prêtresse *Ta-Kem-Hor*.

22. — Coffret funéraire en bois de sycomore, forme petit naos dont les quatre faces sont décorées d'ornements polychromes et de scènes funéraires telles que : sur les faces latérales, acclamations du mort et de ses génies protecteurs ; sur les deux autres, d'un côté le dieu Râ et à l'opposé la présentation de l'âme par les génies, au disque ailé (forme différente de Râ). Ces scènes sont surmontées d'amulettes peintes, uræus, titous, chacals guides des chemins, croix ansées, plumes de vérité, etc. Spécimen de bonne conservation dans le bois un peu friable qui servait à ces sortes de coffrets façonnés en planchettes minces de sycomore, d'acacia ou de palmier. Long. 0,22 ; larg. 0,13 ; haut. 0,21 avec le fronton.

***23.** — Tête de chacal. C'est un masque de la momie d'un chacal sacré. Il est en cartonnage recouvert d'une substance noirâtre et préservatrice assez analogue au goudron. Une partie des bandelettes qui rattachaient ce masque au corps de la momie subsiste et tapisse l'intérieur du cartonnage.

24. — Un cartonnage, couvercle de momie ayant appartenu au cadavre d'une fillette de l'époque copte, durant laquelle on donnait plutôt aux cercueils l'aspect du mort enseveli. Une coiffure se rapprochant de la coiffure arabe surmonte la tête. Le cou et les bras sont ornés de colliers et de bracelets. Haut. 1,10.

25. — Un masque de momie ayant appartenu vraisemblablement à une reine. Spécimen intéressant de cartonnage peint. Aux ornements polychromes se mêlent des vignettes représentant Anubis sous sa forme de chacal et les quatre génies funéraires. La profusion ornementale, les caractères de la tête, la couleur jaunâtre du visage en font une pièce typique du Nouvel Empire. Haut. 0,50.

Stèles[1] et autres monuments votifs

26. — Stèle cintrée en pierre calcaire, provenant d'Héliopolis. Gravée en intaille, elle comprend deux registres séparés par une ligne d'inscription horizontale se lisant de gauche à droite. Le registre supérieur est lui-même divisé en deux par une ligne d'ins-

[1]. Les stèles sont en général des monuments votifs destinés souvent à fermer l'accès des tombeaux et perpétuant le souvenir d'un mort. On y trouve parfois d'intéressantes inscriptions généalogiques, religieuses ou historiques, accompagnées de vignettes représentant le titulaire et sa famille adorant les dieux infernaux ; des prières à Osiris encadrent souvent ces tableaux. L'inscription vient après dans un second registre inférieur au premier. Plus rarement il y a inversion, la vignette religieuse se trouvant alors dans le registre inférieur. Tout au sommet du monument l'on grave dans un proscynème le disque ailé surmontant les deux chacals et les yeux symboliques. Sous l'inscription du registre inférieur on grave souvent le portrait du mort et de sa famille.

Les stèles sont presque toujours cintrées dans le haut ; pourtant sous la XIIe dynastie, elles sont le plus souvent carrées, forme qui revient dans le cours du nouvel empire.

cription verticale. Le proscynème fait défaut, le registre supérieur en tenant lieu. Registre supérieur à droite : Le taureau Mnévis coiffé du disque penche la tête devant une sorte de vase panégyrique. Il est surmonté d'une inscription, portant le titre *Mnévis dieu grand Seigneur*, puis un mot indéchiffrable. A gauche le dieu Râ, avec le titre : *Éternité de Râ*. La ligne d'inscription qui sépare ces deux vignettes porte le nom Toum (soleil couchant), sous lequel le taureau Mnévis était adoré à Héliopolis : *Ton double, dieu Toum, seigneur d'Héliopolis, dieu grand pour l'éternité*. La ligne d'inscription qui sépare le registre supérieur du registre inférieur comprend les mêmes titres que ceux gravés au-dessus du taureau. Elle se lit de même de gauche à droite, mais le commencement a été martelé. Le registre inférieur présente le mort et sa famille, des inscriptions donnent leurs noms difficiles à identifier. Tout à fait à droite, on lit pourtant le nom de la fille cadette *Asaa*. Les autres personnages de la famille, portent à peu près, autant que l'on puisse les déchiffrer, les noms suivants : *Se-qem-it-pa, Qem-it-pa-aï, Nou-pa-ar-i*. Enfin, une dernière inscription, au bas de la stèle, donne la traduction suivante : *Acclamation au double du dieu Râ Toum, maître d'Héliopolis, Mnévis dieu grand*. Haut. 0,46 ; larg. 0,29.

27. — Stèle de l'ancien empire, en forme de porte et sans proscynème, en pierre calcaire et gravée en entaille. Ses trois registres sont surmontés d'une ligne d'inscription horizontale, se lisant de droite à gauche : *Dévot au dieu grand*. Le registre de gauche comprend une ligne d'inscription verticale : *Dévot à Anubis, chef de sa montagne, le chef royal Mema*, (signifiant chef de la montagne qui borne l'ouest, région infernale dont Anubis était un des dieux). Le registre de droite contient de même une seule ligne d'inscription, en sens vertical. *Dévot à Osiris le chef royal Mema*. Le registre du milieu plus compliqué forme à lui seul comme une stèle secondaire. Au sommet de ce registre est une petite vignette représentant le personnage assis devant une table d'offrandes chargée de présents. Au-dessous, une ligne d'inscription horizontale, répète le nom du mort et son titre : *Chef royal Mema*, puis deux autres registres séparés par une sorte de rigole sont remplis chacun par la même inscription : *Dévot Mema*. Le bas de la stèle est orné de quatre vignettes qui représentent le mort accomplissant différentes cérémonies liturgiques. Haut. 0,34 ; larg. 0,23.

28. — Stèle cintrée en pierre calcaire, composée seulement d'un proscynème en bas-relief. On y voit Osiris, recevant du mort le cœur de celui-ci, d'où s'échappe une fleur de lotus, symbole de la vie renaissante. A droite du proscynème se trouve la femme du mort ; à gauche, un personnage de la famille faisant acte d'adoration, avec, au-dessus, le nom de chacun en écriture à peine déchiffrable, excepté le nom d'Osiris. Haut. 0,35 ; larg. 0,22.

29. — Stèle cintrée du Nouvel Empire en pierre calcaire, provenant d'Edfou. Elle se compose d'un proscynème en deux registres, ciselés en bas-relief. Au-dessous un autre registre comprenait une inscription peinte, en majeure partie effacée aujourd'hui. Au sommet du proscynème, le disque ailé d'où tombent les deux urœus coiffées, l'une de la couronne du Nord et l'autre de la couronne du Sud, se courbant au-dessus du nom d'Edfou : *Houdit*. Plus bas, se trouve représenté le mort déposant des offrandes devant les dieux Osiris, Thot, Isis et Nephtys dont les noms sont ciselés en hiéroglyphes au-dessus de la tête de chacun d'eux. De même le nom du mort est ciselé au-dessus de la tête de celui-ci. Haut. 0,46 ; larg. 0,31.

30. — Stèle en pierre calcaire de la même époque et de même provenance que la précédente et offrant un proscynème identique ; le nom seul du mort diffère et se lit *Asar-per-isit-ha(?)* Dans le second registre, l'inscription hiéroglyphique, au lieu d'être peinte, est gravée en intaille. Le roi donne l'offrande, *Osiris dieu grand, seigneur de l'Amenti, maître d'Abydos, Donation dans l'hypogée de bestiaux et de volailles, chacune belle et pure*. La suite de l'inscription donne

les louanges habituelles aux dieux des morts et au mort lui-même.
Haut. 0,45 ; larg. 0,29.

31. — Stèle rectangulaire en grès de la **XXVI**ᵉ dynastie sans
proscynème, elle se compose de deux registres disposés dans le sens
de la hauteur. Le registre de droite, très large, présente un personnage, peut-être Psametik Iᵉʳ, tenant une table d'offrandes
chargée de présents royaux et de symboles divins. A la partie inférieure de ce registre, on a gravé le cartouche de *Shap-en-Ap*, fille
du roi *Piankhi*, épouse de Psametik Iᵉʳ, pharaon d'origine éthio-
pienne. Le registre de l'inscription ne comprend qu'une ligne. *Il dit*
(le roi) *je t'apporte toutes les offrandes.* Haut. 0,53 ; larg. 0,44.

32. — Stèle de la basse époque en pierre calcaire et cintrée, comprenant deux registres : un proscynème et un registre de cinq lignes
d'inscription en sens horizontal, se lisant de droite à gauche. Le
proscynème nous montre, au-dessous du disque ailé, un personnage
présentant des offrandes à Osiris, suivi d'Isis et de Nephtys. Comme
dans toutes les stèles de cette époque, l'inscription gravée en
hiéroglyphes très altérés, est de traduction presqu'impossible.
Haut. 0,38 ; larg. 0,26.

33. — Stèle en pierre calcaire, cintrée, de la basse époque, et gravée en intaille ; elle se compose d'un proscynème en deux registres
et de cinq lignes d'inscription en sens horizontal, se lisant de droite
à gauche. Le registre supérieur du proscynème est rempli par les
deux chacals, les deux anubis, guides des chemins; ils sont accroupis face à face et munis du flagellum et du kerp (sorte de sceptre) :
la partie médiane ayant été mutilée, il est impossible de la recons-
tituer. Le second registre présente Osiris recevant des offrandes de
la part d'un personnage féminin qui est le défunt. Le dieu est muni
du flagellum, du sceptre hicq et du sceptre ouas. Au-dessus de lui
sont gravés ses titres : *Osiris, Kent-Amenti*, dieu grand et maître
d'Abydos. Une table d'offrandes chargée de vases, de pains, d'un

bouquet de lotus, est placée entre lui et la défunte dont le nom est aussi gravé. *La dame de maison. Tat-hor-a.* L'inscription démontre qu'il s'agit d'une prophétesse nommée Tat-hor-a, fille de la dame *Isit to-arit-s. juste de voix*[1]. Cette dame Tat-hor-a parait avoir été une courtisane d'Ammon, et il est question dans la stèle de la conservation de sa beauté. Haut. 0,45 ; larg. 0,32.

34. — Stèle en pierre calcaire, cintrée et gravée en intaille, de la même époque et provenant d'Edfou. Au sommet le disque ailé d'où pendent les urœus entre lesquelles on a gravé les hiéroglyphes de la ville. Au-dessous la deuxième partie du proscynème nous montre le mort en adoration devant le dieu Khem, suivi d'Osiris, d'Haroëris, d'Isis et de Nephtys dont les noms sont inscrits devant chacun d'eux. Le registre inférieur comprend six lignes d'une inscription horizontale allant de droite à gauche qui, dans sa partie déchiffrable, donne une série de louanges à la gloire d'Osiris, d'Anubis, des deux sœurs Isis et Nephtys, prononcées par le mort, personnage qui semble porter le nom *d'Amen.* Haut. 0,34 ; larg. 0,27.

35. — Stèle en pierre calcaire du Nouvel Empire, cintrée. Elle se compose d'un proscynème en deux registres dont le premier est rempli par le disque ailé et les deux urœus, et le second par le mort et sa famille apportant des offrandes à la triade Osiris, Isis, Nephtys. Ce proscynème est gravé en intaille ainsi que le registre de l'inscription qui comprend quatre lignes en sens horizontal. L'inscription indique que le mort apporte à Osiris, maître de l'Amenti, seigneur d'Abydos, des offrandes en pains, en vins, en viande, en parfums afin qu'il soit purifié et vivant dans son naos, grâce à Osiris, maître de l'éternité. Haut. 0,32 ; larg. 0,22.

36. — Stèle en pierre calcaire, cintrée. Elle se compose d'un proscynème divisé en deux registres et gravé en intaille et d'un

---

[1] C'est-à-dire connaissant la vérité

registre inférieur occupé par quatre lignes d'inscription hiéroglyphique, se lisant de droite à gauche et gravée de même en intaille.
Le premier registre du proscynème renferme le disque ailé d'où
tombent les urœus, le second montre le mort en adoration devant
Osiris, suivi d'Isis et de Nephtys. La stèle est au nom d'un personnage appelé *N....ap*. L'inscription consiste en une donation d'offrandes à Sokar Osiris adoré à Thèbes et à Edfou. Haut. o,43 ;
larg. o,32.

37. — Stèle cintrée de la XIXe dynastie en pierre calcaire. Elle
est dépourvue de proscynème et se compose de deux registres
ornés de vignettes. Le haut montre le mort devant Osiris. Entre le
mort et le dieu le cartouche de *Ramsès II*. Le registre inférieur
présente une série de pleureuses. Cette stèle, défectueuse au point de
vue du travail, est intéressante par son cartouche. Haut. o,3o ;
larg. o,19.

38. — Stèle de la XIIe dynastie en pierre calcaire. Elle est en
forme de porte, dépourvue de proscynème. Le registre supérieur
comprend cinq lignes d'inscription en sens horizontal se lisant de
droite à gauche. *Le Roi donne l'offrande à Osiris, maître de
Mendès, dieu grand, seigneur d'Abydos, il donne les offrandes
en vin, en pain, en viande, au double du dévot Menoumou juste de
voix*. La suite de l'inscription est un panégyrique destiné à la glori-
fication du mort et à l'acceptation de ses offrandes. Le second registre
comprend le personnage Menoumou, suivi de sa femme et de sa
mère dont les noms *An, juste de voix et Mah-m-t-haït, juste de voix*
sont inscrits. Haut. o,45 ; larg. o,32.

39. — Stèle en pierre calcaire, cintrée, de la basse époque, comprenant deux registresformant proscynème et un registre de huit
lignes d'inscription horizontale disposée de droite à gauche. Le premier registre du proscynème est orné du disque ailé d'où pendent
les urœus et au-dessous duquel sont accroupis les deux chacals,

guides des chemins. Le second registre nous montre le mort apportant des offrandes à Osiris, Anubis, Isis et Nephtys, avec accompagnement d'inscriptions très effacées. Dans l'inscription du registre inférieur on peut reconnaître que ce monument, au nom d'un personnage défunt *Qen-hater, juste de voix*, semble provenir de Panopolis capitale du nome Panopolites situé dans la Haute-Egypte : *Le roi donne l'offrande à Osiris, dieu grand, seigneur de l'Amenti, maître d'Abydos, à Isis, la grande déesse, à Nephtys sa sœur, à Anubis* suivi probablement des noms d'autres dieux, Khem et Thot par exemple, avec ce texte : *Aux génies funéraires Amset, Hapi, Duaumautef, Kebhsennouf, à tous les dieux et à toutes les déesses dans Panopolis.* — La suite de l'inscription est ainsi formulée : *Donation dans le tombeau, de pains, viandes, liquides, étoffes, encens et de toutes espèces d'offrandes belles et pures, par le maître des deux terres traversant le Nil sur sa barque pour la vie glorieuse de l'Osiris Qen-hater, juste de voix, dans la divine région inférieure.* Haut. o,53 ; larg. 0,31

40. — Stèle en pierre calcaire, cintrée, du Nouvel Empire. comprenant deux registres formant le proscynème et un registre de sept lignes d'inscription en sens horizontal. Le proscynème de gravure remarquable présente au sommet le disque ailé sous la protection duquel navigue le mort accroupi sur un naos entre les deux barques solaires. Dans chacune de ces barques se trouve le disque renfermant le dieu Râ, à droite sous la forme du scarabée à gauche métamorphosé en bélier et prenant alors le nom de dieu Af [1]. Au-dessous la défunte apporte des orandes à Osiris, Haorëris, Anubis, Isis et Nephtys. Ce monument appartint au tombeau d'une pallacide d'Ammon nommée *Oudja-shou-ti.* L'inscription dont voici le résumé est très nette. Le roi donne l'offrande à Osiris, maître de l'Amenti, dieu grand, seigneur d'Abydos, Sokar, Osiris, dieu grand, puis après une partie détruite : *Salut à son père, dieu souverain de Panopolis à*

---

[1] Dieu criocéphale, forme que prend le dieu Râ, lorsqu'il traverse la région inférieure.

Anubis dans son naos, le maître majestueux, seigneur du Tadjosir (région infernale), à Isis la grande déesse sa mère dans Panopolis, à Nephtys la sœur divine, à tous les dieux et à toutes les déesses de Panopolis, il est fait donation de pains, de viandes, de libations, d'étoffes, d'encens et de toutes sortes d'offrandes, belles et pures, par le roi des deux terres, de l'Égypte du nord et de l'Égypte du sud, traversant le Nil sur sa barque pour le double de l'Osiris Oudjashou-ti, juste de voix, fille du scribe royal Hor-a, juste de voix. Haut. 0,58 ; larg. 0,36.

41. — Stèle en pierre calcaire cintrée, comprenant un registre proscynème et un registre de sept lignes d'inscription en sens horizontal. Proscynème : Au sommet se trouvent les deux yeux symboliques entre lesquels on a gravé le sceau. Au-dessous se trouve une scène funéraire représentant les fils du défunt apportant des offrandes à leurs parents décédés et surmontée d'une inscription dédicatoire. Les fils du mort *Mer-f-An* et *Ab-ti-hou* font une donation d'offrandes à leur père défunt *An-User* et à sa femme qu'il aime avec son cœur *Ta-Nofirt*. Toute l'inscription du deuxième registre est le développement de celle du proscynème, longue énumération d'offrandes mêlées à des prières aux dieux et aux génies funéraires. Ce monument, de conservation excellente, est d'une perfection achevée comme gravure. Haut. 0,86 ; larg. 0,60.

42. — Stèle en bois peint comprenant deux registres, le premier formant proscynème et l'autre contenant cinq lignes d'inscription horizontale ; la stèle est au nom de la défunte *Aména*. Haut. 0,32 ; larg. 0,22.

43. — Deux stèles en bois peint de dimension à peu près analogue à la précédente et de conservation défectueuse.

44. — Stèle rectangulaire en pierre calcaire de l'époque ptolémaïque gravée de cinq lignes d'inscription en caractères grecs

ΥΠΕΡΒΑΣΙΛΕΩΣΠΤΟΛΕΜΑΙΟΥΚ
ΒΑΣΙΛΙΣΣΗΣΚΛΕΟΠΑΤΡΑΣΘΕΩΝ
ΕΠΙΦΑΝΩΝΚΑΙΕΥΧΑΡΙΣΤΩΝΘΕΟΥ
ΜΕΓΑΛΟΥΣΕΜΕΝΟΥΦΙΟΣ
ΣΕΜΕΝΟΥΦΙΣΦΑΝΕΥΙΟΣ

donnant les noms de Ptolémée Epiphane ou Ptolémée V (205-181 av. J.-C.) et de sa femme Cléopâtre Ire. Long. 0,71 ; larg. 0,18.

45. — Stèle rectangulaire d'époque grecque en pierre calcaire gravée de sept lignes d'inscription en caractères grecs sans identification de personnage. Haut. 0,28 ; larg. 0,26.

46. — Table d'offrandes[1] en pierre calcaire portant l'inscription : *Le roi donne l'offrande à Osiris, seigneur d'Abydos. Il donne toutes ces offrandes avec ces paroles : pour le double de...* (le nom fait défaut. Long. 0,36 ; larg. 0,26.

47. — Table d'offrandes rectangulaire en basalte et gravée en bas-relief de vases, pains. Long. 0,40 ; larg. 0,14.

48. — Pyramide funéraire votive[2] en pierre calcaire gravée d'hiéroglyphes et ornée de bas-reliefs. Une face en retrait, nous montre un bas-relief représentant le mort en adoration devant le dieu Ammon sous sa forme osirienne et tenant le hicq et le flagellum. Sur l'encadrement de gauche, qui était orienté vers le couchant, on lit *Osiris, seigneur de l'Amenti*. La face opposée offre le mort en

---

[1] Très rares sous le Nouvel Empire, les tables d'offrandes sont communes sous l'ancien et le moyen, ce sont en général des pierres carrées ou rectangulaires, munies d'une sorte de poignée formant rigole. En haut on ciselait différentes offrandes, pain, vases, viandes, et tout autour de l'encadrement on gravait une inscription dédicatrice avec le nom du donateur. Ces tables servaient de monuments votifs.

[2] Ce sont de petits monuments qui servaient au culte solaire et dont les gravures étaient toujours en rapport avec leur orientation.

adoration devant le dieu Râ, tenant le anx ou croix ansée, signe de la protection et le flagellum, le dieu assis sur le trône d'Osiris. Sur une des faces latérales Horus et Thot versant les eaux purificatrices sur le mort et sur la dernière face, le mort, entouré de ses génies funéraires derrière lesquels se trouve son âme sous forme d'oiseau, montée sur l'autel oisirien ou titou. Au sommet de la pyramide se trouve gravée en intaille la déesse Hathor ailée et accroupie. Haut. 0,20.

49. — Pyramide funéraire votive en pierre calcaire, ornée, sur les quatre faces, de symboles mythologiques et funéraires tels que : Anubis sous sa forme de chacal, yeux symboliques, etc. Haut. 0,49.

50. — Cippe d'Horus [1] en pierre calcaire dépourvu d'inscription. Haut. 0,13 ; larg. 0,11.

Sculpture [2]

'**51.** — Buste en prime d'émeraude de la XVIIIe dynastie. La face dorsale est munie d'un soutien en forme d'obélisque gravé d'une inscription hiéroglyphique en deux colonnes. Sur la poitrine

[1] Petites stèles cintrées de la basse époque représentant le dieu Horus enfant ; debout sur les crocodiles. Le dieu est nu, coiffé de la tresse surmontée d'un masque de Bes. Ses mains tiennent un scorpion, une gazelle, un singe, deux serpents, et deux sceptres que terminent des fleurs de lotus et des emblèmes solaires ; les pieds du dieu foulent les crocodiles, cet animal, en Égypte, symbolisait les choses impossibles par la difficulté qu'il a de renverser sa tête, d'où la signification du cippe : *Faire ce qui est impossible*. Une inscription en détermine souvent le sens : *Vieillard qui redevient jeune* (Pierret, Dictionnaire archéologique).

[2] Depuis les âges les plus reculés, l'art de la statuaire fut connu en Égypte ; le Louvre possède trois statues antérieures à la IVe dynastie, admirables de vérité et de

du personnage, et attachée au cou, la silhouette d'un pharaon coiffé de la haute tiare et tenant le sceptre est gravée en intaille. L'inscription nous indique que la statuette représente un grand prêtre *ropa (noble, véritable chef)*, œuvre d'un travail admirable qui esquisse bien, en cette pierre très dure, toute la noblesse d'allures qui convient au titulaire de la dignité la plus importante de l'empire, qui prenait rang immédiatement après le pharaon. Haut. 0,26.

*52. — Statuette de scribe, en pierre calcaire dure et cristalline, datant de la XIIe dynastie, agenouillé, en adoration, sur un socle. Deux lignes d'inscription hiéroglyphique sont gravées en sens horizontal sur le socle, dont le sens nous indique une donation d'offrandes dans le temple ou le naos, de la part du personnage représenté par la statuette. Pièce très rare non seulement par le peu de fréquence des statuettes de cette époque, mais encore par l'habileté du ciseau qui la sculpta, le corps demeurant enveloppé du voile mystérieux des traditions hiératiques de l'ancien empire et n'en faisant que mieux ressortir le caractère d'élégance et de sérénité de la tête. Haut. 0,27.

*53. — Buste en albâtre de *Psamétik II*, Pharaon de la XXVIe dynastie, qui mit fin à la dodécarchie. — Le buste est gravé de deux cartouches royaux, à droite le prénom *Ra-ouah-ab*, et à gauche

force sereine. Pendant tout l'ancien empire on rencontre des statues en pierre et en bois, qui se font très rares durant la XIIe et XIIIe dynasties, pour redevenir fort nombreuses sous la XVIIIe dynastie et les suivantes.

Les caractères de la statuaire égyptienne ont varié infiniment avec les époques.

Durant tout le cours de l'Ancien Empire ou empire Memphite, les statues gardent un aspect puissant de force musculaire, les figures sont rondes, les nez très gros et ronds, les jambes sont énormes, les pieds très courts, les cheveux sont presque ras formant seulement de petites boucles, statues de Sepa et Nesa au Louvre.

De la XIIe à la XVIIIe dynastie, nous trouvons des formes plus élancées, mais c'est avec la XVIIIe dynastie seulement que les corps prennent parfois des formes d'une élégance incomparable, les jambes s'arrondissent, les cheveux, très longs sont roulés en petits tuyaux. A la fin de la XIXe dynastie la sculpture subit une régression pour s'épanouir à nouveau durant le cours de l'époque saïte : les œuvres de cette période sont facilement reconnaissables par les coiffures volumineuses enserrées dans les étoffes. La statuaire jette un dernier éclat sous la dynastie des Ptolémées et s'éteint peu à peu sous la domination romaine.

le nom *Psamétik*, au-dessus du nom et du prénom, les formules, *Maître des deux terres, Roi du Sud et du Nord*, sont gravées. Ce buste est un monument tout à fait caractéristique de l'art égyptien à cette époque. Haut. o,38.

* **54.** — Buste en basalte de l'époque saïte, représentant un haut dignitaire, hiérodule du nom de *Khemes*. Ce monument, d'un beau travail, a toute la grâce harmonieuse et un peu mièvre qui caractérise l'art de cette époque, le poli de la pierre est sans défaut, le modelé d'une douceur exquise alliée à une rare fermeté d'outil. L'inscription gravée sur la face dorsale est une exaltation du personnage. Haut. o,27.

55. — Statuette en calcaire noir représentant le dieu Osiris assis sur son trône. Il est coiffé de la tiare et tient dans ses mains le flagellum et le sceptre hicq. Une barbe postiche finement striée orne son visage, dont le profil souriant et régulier, les sourcils bien arqués, dénotent l'art élégant de la XVIIIe dynastie. Haut. o,45.

56. — Statue en basalte d'un pharaon, peut-être un *Ramsès*, début de la XIXe dynastie. Le roi est représenté debout dans l'attitude de la marche, les bras, selon la pose traditionnelle, tombent fixes le long du corps, la main est fermée, le corps est vêtu de la shenti, la tête est coiffée d'une sorte de klaft. Spécimen charmant où l'artiste a su allier la vérité à la convention ; la raideur hiératique est habilement tempérée par la sveltesse du buste, la nervosité des membres, le dessin très pur de la tête, la sobriété élégante de la coiffure et l'incrustation des yeux qui semble animer le visage. Restaurations du nez et des pieds. Haut. o,33.

57. — Statue de reine en basalte, datant de la XIXe dynastie ou du commencement de la période saïte. Elle est coiffée simplement d'une sorte de couronne d'où jaillissent trois urœus, les cheveux sont serrés et ondulés, le corps gracieux, la tête expressive, les

membres arrondis sans mollesse en font un modèle intéressant de
la statuaire égyptienne. Le nez, les deux pieds et le socle ont été
restaurés. Haut. 1,13.

58. — Tête d'Osiris, en pierre tendre de couleur noirâtre, datant
de la XVIII⁰ dynastie. Intéressante par la beauté de la coiffure et
l'expression souriante du visage. Haut. 0,08.

*59. — Petit buste de Pharaon sous la forme du dieu Ammon en
serpentine verte, l'incrustation des yeux et l'or qui polissait le buste
presque tout entier subsistent en partie. Haut. 0,05

60. — Deux pièces : *a*, Petite tête d'Horus harpocrate (Horus
enfant), en basalte ; *b*, Petite tête d'homme, en pierre calcaire.

61. — Petite tête d'homme, en pierre calcaire.

62. — Couvercle de vase canope en calcaire tendre, représentant
la tête du génie funéraire *Amset*.

63. — Masque en cire représentant la tête du dieu Osiris, coiffé
de la couronne Atef, pièce d'époque saïte, extrèmement précieuse
tant par la délicatesse exquise de son modelé que par la rareté de
la matière. Haut. 0,15.

64. — Tête en basalte de l'époque saïte, représentant une figure
de femme dont la chevelure, comme dans la plupart des statues de
cette époque, est tout entière enserrée par une étoffe. L'expression
gracieuse du visage, l'ovale pur de la tête, le dessin parfait du nez,
des yeux et de la bouche, sont d'un art accompli. Haut. 0,28.

65. — Tête en marbre de la période ptolémaïque, représentant
sans doute un des rois de cette époque. Par plusieurs de ses caractères, elle se rapproche de la sculpture grecque et romaine. Les yeux

sont plus creux que dans la plupart des têtes égyptiennes, les lignes du nez plus droites, les commissures des lèvres plus accusées, les attaches de la gorge sont plus rondes et plus élégantes. A la partie inférieure du menton, un trou servait à ajouter la barbe postiche, signe de la royauté en Egypte. Haut. 0,25.

66. — Bloc en pierre calcaire, représentant un casque de guerre. Epoque indéterminée et travail grossier. Haut. 0,28.

67. — Statue d'Horus enfant, ou Horus Harpakhrat, en pierre calcaire. Le dieu est représenté en marche, un de ses bras tombe le long du corps, l'autre est relevé jusqu'à la hauteur du visage, un des doigts de la main touche le menton. Il porte la tresse et la couronne d'Ammon. Monument de la basse époque. Haut. 0,56.

68. — Pied en pierre calcaire de l'époque romaine, chaussé d'une sandale. Long. 0,25.

69. — Sphinx, en calcaire tendre et poli, datant du Nouvel Empire et gravé d'un cartouche royal, maintenant illisible. Haut. 0,22; long. 0,28.

70. — Crocodile en pierre de savon, datant du début du Nouvel Empire ou de l'époque saïte. Spécimen très rare, remarquable par l'étude accomplie de la biologie et de l'anatomie de cet animal, il est représenté en marche, la tête légèrement dressée, les pattes péniblement recroquevillées, avec les plis du dos, les gonflements du ventre, l'ondoiement de la queue, les stries formées par les lignes de la carapace, le tout dégagé de convention. Pièce rare et peut-être unique. Long. 0,38.

71. — Tête de dieu Bes, en pierre calcaire. Haut. 0,60.

72. — Deux pièces : *a*, Statuette en bois, représentant une por-

teuse offrant encore des traces de peintures. Haut. 0,22 ; *b*, Statuette en calcaire noir, représentant la déesse Selk-Isis, mais avec
la coiffure de la déesse Hathor. La tête et la coiffure portent
encore des traces de dorure d'une authenticité douteuse. Haut. 0,11.

73. — Tête de pharaon en granit rose de Syenne. Haut. 0,35.

74. — Triade d'Osiris en pierre calcaire. Monument de valeur
qui malheureusement présente des détériorations. Haut. 0,53 ; larg.
0,43.

* **75.** — Tête d'homme en pierre calcaire. Les dessins de la gorge,
de la bouche et du nez, les joues pleines, l'expression heureuse du
visage en font une jolie sculpture d'époque ptolémaïque. Haut. 0,26.

76. — Deux petites têtes, homme et femme, en pierre calcaire,
d'époque ptolémaïque.

77. — Statuette funéraire[1], en bois de sycomore, représentant
le génie *Kebhsennouf* et peinte en tons variés, des ornements d'un
style assez primitif. Ils se composent d'un collier en forme de pectoral et d'une ligne d'inscription en sens vertical dont la signification est un don d'offrandes agréables à Osiris. Ce spécimen
semble remonter au début des statuettes funéraires. Haut. 0,28.

* **78.** — Oushabti[2] en bois d'ébène (XVIIIᵉ dynastie), gravé de
neuf lignes d'inscription horizontale d'une netteté parfaite et d'un
fini de travail qui en rendent la lecture facile. La statuette tout
entière est délicatement ciselée. Le dessin des sourcils, du nez, le

---

[1] Excessivement nombreuses et généralement postérieures à la XIᵉ dynastie, ces
sortes de statuettes servaient soit à tenir la place de la momie si celle-ci venait à être
détruite ou bien à accomplir dans les champs d'Ialou, à la place d'un mort les travaux
obligatoires.

[2] Les oushabti (*ousheb* : répondre) sont des statuettes funéraires destinées à répondre
pour le mort à l'appel d'Osiris.

modèle de la bouche et du menton donnent à la figure, d'un bel ovale
sous la chevelure artistement ouvrée, une élégante expression. La
statuette est au nom d'un personnage appelé *Mer-f*. L'inscription qui
la décore est une prière rituelle répondant des mérites du mort : *de
l'Osiris prononçant la louange Mer-f*. La suite indique que le
titulaire doit être jugé digne de partager les travaux que les élus des
régions osiriennes doivent accomplir, ainsi qu'il est dit au chapitre VI du « Livre des Morts ». Haut. 0,19.

79. — Statuette funéraire en bois de sycomore, datant du Nouvel Empire, provenant sans doute de l'Égypte du sud. On lui a conservé sa forme cadavérique non momifiée, le corps est assez habilement sculpté, les caractères nègres de la tête indiquent une œuvre
nubienne, provenant sans doute des pays confinant aux territoires
nègres. Haut. 0,33.

80. — Deux oushabtis en bois de caractère primitif et de travail plus fruste.

81. — Six oushabtis en bois sculpté et gravé, de types variés.

82. — Chacal accroupi, en bois de sycomore ou de palmier.
L'animal dans cette position représente Anubis, *gardien des
tombes*, on le place ordinairement sur les couvercles des coffrets
funéraires, il est par là destiné à protéger ce coffret même et à en
rendre l'ouverture inviolable. C'est sous une forme identique que
l'on grave le chacal muni du flagellum et du sceptre dans le proscynème des stèles et qu'on le peint au pied des sarcophages ou sur
le corps des statues osiriennes. Il prend parfois, sur les stèles, le
nom de *guide des chemins dans la région inférieure*. Pièce intéressante, de sculpture adroite. Long. 0,29; haut. 0,12.

83. — Statuette osirienne ayant servi à renfermer un exemplaire
ou un fragment du « Livre des Morts ». En bois peint, le corps

rouge brique, et en forme de momie, elle est décorée d'ornements polychromés d'ordre symbolique, tels que : un pectoral, un naos renfermant les déesses Isis et Nephtys et placé au sommet d'une sorte de pylône où court une inscription qui comprend le nom du personnage auquel la statuette est dédiée et la formule rituelle qui accompagne ce nom (Chapitre VI du « Livre des Morts »). Le visage doré est surmonté d'une coiffure vert d'émeraude supportant la tiare d'Osiris, couronne Atef simplifiée. Une inscription tracée sur le pylône donne le nom du mort : *Paroles de l'Osiris. Hitit juste de voix.* Haut. 0,73. Sur la face antérieure du socle, on remarque une sorte de portique dont le proscynème comprend : le chacal, gardien des tombeaux accroupi sur un coffret funéraire et muni du flagellum. Devant et derrière le coffret sont deux âmes en forme d'oiseaux à têtes humaines et montées sur un demi-disque, symbole du soleil à l'horizon. Le portique composé de bandes jaunes et vertes alternant est couvert d'une inscription verticale ; l'inscription rituelle du « Livre des Morts » ainsi que celle tracée sur le derrière de la statue et qui comprend une invocation à Isis et à Nephtys. Plus bas, on lit une autre inscription entre les deux déesses Isis et Nephtys affrontées. Une troisième inscription encadrant la face supérieure du socle relate les mérites du défunt. Il supplie le dieu Osiris que son cœur soit remis à sa place, c'est-à-dire dans sa poitrine, de manière à ce qu'il puisse revivre dans les régions infernales, pareil à Osiris. Long. 0,52 ; larg. 0,12 ; haut. 0,09.

84. — Statuette osirienne d'une polychromie plus atténuée. Sur la face le nom du personnage *Djihir* suivi de la formule rituelle ; *juste de voix*, etc. Haut. 0,86.

85. ——— L'inscription, restée nette, est tracée en deux colonnes sur la face dorsale de la satue. Elle débute dans la colonne de droite par la formule rituelle. *Le roi donne l'offrande à Osiris, dieu grand de l'Amenti, seigneur d'Abydos*, et se continue par la litanie habituelle du « Livre des Morts. » Haut. 0,86.

86. — Statuette osirienne. Une inscription, encore lisible par endroits, permet de reconnaître la formule rituelle à Osiris et à Nephtys avec une supplication se répétant sur le socle, supplication ayant pour but la purification du mort avant son entrée dans Abydos, la cité sainte, la grande nécropole de l'Egypte. Haut. 0,76. Les peintures du socle, encore vives, représentent les mêmes dessins que l'on retrouve sur tous ces objets destinés au culte funéraire.

87. — Statuette analogue à la précédente, mais d'un style plus primitif et moins bien conservée, comme couleur et comme inscription. Haut. 0,58.

88. — Deux statuettes osiriennes analogues aux précédentes. Haut. 0,34.

89. — Deux têtes fragments de statues funéraires en bois de basse époque aux couleurs effacées.

***90.** — Bas-relief[1] en calcaire de la XVIIIe dynastie provenant d'Edfou, ayant conservé son coloris originaire à fond rougeâtre rehaussé de bleu, mais ayant subi certaines mutilations pratiquées au marteau par des chefs des dynasties postérieures. Au sommet se trouve le disque muni des ailes du vautour, et des élitres du scarabée. Les deux urœus, coiffées l'une de la couronne blanche, l'autre de la couronne rouge vont en retombée et encadrent la déesse de la vérité.

---

[1] Les bas-reliefs formaient l'ornementation des hypogées dont, le plus souvent, ils couvraient entièrement les parois. Destinés à conter la vie et les hauts faits du mort, ils étaient, par là, le complément explicatif des stèles. Les scènes de pêches, de chasses, de métier, de vie intime ou publique y sont représentées avec une minutie des détails qui, en dehors de leur haut mérite d'art, les rendent précieux au point de vue de l'histoire et de l'archéologie.

Le dessin des bas-reliefs relève d'un procédé qui ne changea guère durant tout le cours de la civilisation égyptienne. Il comporte une exécution aussi ferme dans ses contours que dans ses modelés intérieurs dont la beauté atteint parfois au sublime. La plupart des bas-reliefs étaient recouverts d'une couche de peinture. Les maisons et les palais étaient aussi parfois ornés tout entiers de bas-reliefs dont malheureusement peu de vestiges ont pu être retrouvés.

Sous les élitres du disque, et de chaque côté du bas-relief on lit le symbole hiéroglyphique de la ville d'Edfou. Au-dessous de ce frontispice le bas-relief est divisé en deux registre verticaux. — Registre de droite : Le prince royal, défunt, fait des offrandes et adore le dieu Râ qu'illumine la déesse de la vérité. — Registre de gauche : Le prince royal répétant les mêmes rites devant le dieu Osiris qu'inspire la déesse Isis. Les deux déesses sont dos à dos, et leurs mains, tenant le signe de la vie, retombent parallèlement sur un autel, que surmonte le sceptre. Le monument porte le nom d'un prince royal de la XVIIIᵉ dynastie *Amen-Nofir-hotep-s* [1] et toute l'inscription est une exaltation du personnage et des dieux; une série de louanges énumérant ses qualités, ainsi que celles des dieux représentés en bas-relief. Haut. 0,47 ; larg. 0,80.

91. — Fragment d'un bas-relief de l'époque ptolémaïque en pierre calcaire et représentant un des *Ptolémées*. Le roi est coiffé du serre-tête tenu rigide à l'arrière par la déesse de la victoire sous la forme d'oiseau de proie et à l'avant par les deux urœus. Au-dessus de cette première coiffure est posée la couronne *shouti* (couronne de la double plume) tronquée, et ornée à la base d'urœus. Une étoffe enserre aussi toute la chevelure. La main tient le lotus héraldique. Une inscription démotique, presque indéchiffrable, a été tracée au kalam sur le visage, le cou, la poitrine et le bras. Haut. 0,40 ; larg. 0,38.

92. — Bas-relief en pierre calcaire, représentant une tête d'homme de face et de profil, ayant fait partie, peut-être, d'un bas-relief de grandes dimensions ; les deux têtes formeraient alors l'expression hiéroglyphique *chef de...* Haut. 0,14 ; larg. 0,19.

93. — Bas-relief analogue, en plus petit.

---

[1] Ce nom fut porté par les fils de plusieurs rois de la XVIIIᵉ et du commencement de la XIXᵉ dynastie.

94. — Fragment d'un bas-relief en pierre calcaire du Nouvel empire, représentant un roi, dont il ne subsiste que le buste, une des mains tient le *kerp*, sorte de sceptre. La chevelure ondulée et peinte en noire est d'un travail achevé. Le visage était rehaussé d'une teinte rouge en partie disparue. Haut. o,23 ; larg. o,23.

95. — Bas-relief en pierre calcaire représentant un personnage dont le corps est peint en rouge ; d'une main il tient une sorte de boumérang, de l'autre une oie qu'il vient de tuer. Haut. o,24 ; larg. o,22.

96. — Bas-relief en forme de coin, en pierre calcaire. Sur les deux faces ont été ciselés des personnages. Le monument est au nom d'un de ces personnages appelé *Asa* qui semble avoir occupé de hautes fonctions, au-dessous deux autres portent des titres de serviteurs et de chargé de fonction, *Asa* est encore représenté en dimensions supérieures sur la grande face du bas-relief. Haut. 1,40.

97. — Fragment de bas-relief en pierre calcaire, datant de la XVIIIe ou XIXe dynastie. Sous une branche de palmier apparaît seulement la tête d'un personnage, peut-être royal. Haut., 2.00

98. — Petit bas-relief en pierre calcaire représentant une tête d'homme.

99. — Bas-relief en pierre calcaire, de la XIXe dynastie. Au sommet on lit le nom *Montou-her-Kapesh-f*, fils de Ramsès II. Au-dessous trois personnages, le corps peint de couleur rouge, portent des titres subalternes ; comme *serviteur de maison*. Haut. o,37 ; long. o,26.

100. — Fragment d'un bas-relief en pierre calcaire, représentant une barque funéraire, la partie de la barque montée par des pleureuses subsiste seule. Haut. o,28 ; long. o,34.

101. — Fragment d'un bas-relief en pierre calcaire, et représentant une procession royale. Haut. 0,25 ; long. 0,42.

Peinture[1]

102. — Portrait d'une princesse debout, grandeur nature, peint à l'encaustique sur toile, pour décorer l'hypogée de la personne défunte, suivant les coutumes et rites funéraires qui se sont transmis d'âge en âge jusqu'aux premiers siècles du christianisme. Le défunt pouvait ainsi se faire reconnaître par les parents qui venaient faire leurs dévotions et apporter des offrandes. La morte est représentée ici, descendant, en sa robe de soie blanche garnie de perles fines et parée de tous ses bijoux, dans les profondeurs du caveau dont son regard sonde les passages obscurs conduisant à la région mystérieuse de la mort. Nulle part, peut-être, parmi les monuments analogues précédemment découverts, ne se révèle de façon plus saisissante que dans cette œuvre capitale, la vision d'une apparence, encore terrestre par le rendu réaliste des carnations, par la vie intense du regard, par la conformation sensuelle de la bouche comme par le mouvement naturel de la marche, et néanmoins à demi transfigurée déjà par la ténuité immatérielle du corps et la sérénité de l'allure générale.

[1] Les peintures égyptiennes de l'époque romaine diffèrent des pharaoniques par les symptômes d'une perspective plus savante, et comme conséquence, par l'expression plus vivante des personnages représentés. On y trouve le même souci du symbole et en général, dans la technique, les mêmes teintes plates, combinées avec harmonie. Pour tant la recherche du modelé n'était pas absolument inconnue ; le portrait ci-dessus décrit nous offre, entre autres, un rare et délicat exemple de l'emploi des ombres et des lumières

De chaque côté de l'entrée de la nécropole, devant les parois de pierre, la jeune femme est attendue par le dieu Anubis, guide des chemins, préparant aux morts le voyage dans l'autre vie, leur frayant les routes d'outre-tombe. Haut. 2,25 ; larg. 1,05.

Trouvé dans la province de Fayoum.

Bronzes[1]

*103. — Oushabti en bronze de la XVIIIe dynastie, gravé de huit lignes d'inscription hiéroglyphique que surmonte la déesse Nout (le ciel) assise et ailée, la coiffure du personnage est rubannée, les yeux et les sourcils conservent leur incrustation argentée, le cou est orné d'un collier honorifique, le poignet visible est cerclé d'un bracelet. — Inscription : *Illumination de l'Osiris Hosi-mer-f.* Il dit : *Cet oushabti représente enveloppé de bandelettes l'osiris Hosi-Mer-f. juste de voix, dans la nécropole funéraire : qu'il soit donné à ses champs d'être arrosés, aux cours d'eau d'être navigables...* suit une partie rendue indéchiffrable par l'oxydation et l'inscription rituelle reprend, telle qu'on peut en lire le développement dans le chapite VI du « Livre des Morts ». Haut. 0,24.

Cette statuette infiniment précieuse par la rareté extrême des oushabti en bronze, se distingue en outre par une saisissante beauté de travail ; la délicatesse charmante des traits du visage, le dessin parfait de la bouche et des yeux, l'incomparable maîtrise de la gra-

---

[1] Bien que la fabrication des bronzes remonte en Égypte à des époques très reculées, les statues et les statuettes en cette matière datent surtout du Nouvel Empire : à partir de la XVIIIe dynastie elles deviennent fort nombreuses, mais les procédés employés pour cette fabrication sont toujours demeurés obscurs.

vure concourent à faire considérer cet objet comme le type suprême du genre.

104. — Statuette de l'époque classique en bronze, incrusté. C'est Osiris assis sur son trône dans la pose hiératique, il est coiffé de la couronne blanche d'où jaillissent les plumes du dieu Ammon incrustées d'or; sur le devant de la couronne est l'urœus divine incrustée d'électrum. Les yeux de la statuette ont le blanc également en électrum. Le collier Usek qui entoure le cou, les stries du sceptre que le dieu tient dans sa main gauche, le scarabée qui vole, les élitres étendues sur les pieds sont de même en électrum. Seul le flagellum tenu par la main droite semble avoir été dès l'origine sans incrustations. Sur le socle et tout autour ont été gravés des hiéroglyphes à présent déformés, probablement par l'oxydation d'une feuille de cuivre qui fut appliquée sur le bronze de la statue. Pourtant on peut lire encore sur la face de gauche les hiéroglyphes de la ville de Memphis et sur celle de droite les attributs du dieu dont le signe *anx*. Haut. 0,30.

105. — Statuette d'Osiris assis avec socle, d'époque plus récente. Il est assis sur son trône, les yeux et le collier portent encore des traces d'incrustations. Sur les quatre faces du socle court une inscription votive. On lit encore sur la face antérieure le nom : *Asar nuter âa*. Osiris dieu grand. Haut. 0,23.

106. — Statuette d'Osiris debout, attribuable à la XIXᵉ dynastie. Elle présente cette particularité d'être munie dans le dos et à droite de la base d'un anneau qui servait probablement à le fixer comme un ex-voto. Haut. 0,17.

107. — Statuette d'Osiris debout et coiffé du disque solaire surmontant la coiffure atef. Haut. 0,20.

108. — Deux statuettes d'Osiris assises. Haut. 0,17.

109. — Deux statuettes d'Osiris debout 0,22 et 0,23.

*__**110.**__ — Epervier Horus en bronze des belles époques du Nouvel Empire, les yeux sont incrustés d'obsidienne. Ce bronze est un échantillon parfait de l'art sorti des grands ateliers de l'Egypte, et dont ceux de Memphis étaient les plus célèbres ; la fraîcheur de la patine verte, l'ornementation délicate des plumes, le dessin énergique de la tête et des pattes donnent à cet oiseau un caractère remarquable de force et de vérité. Haut. 0,18.

111. — Statuette d'Horus humain, coiffé de la tresse et de la tiare d'Ammon ou couronne Atef. Haut. 0,17.

112. — Statuette d'Osiris, debout, en bronze, attribuable au début de la XIXe dynastie. Coiffé de la *couronne blanche* où rampe l'urœus, les yeux vides de leur incrustation originaire, il tient dans ses mains le sceptre et le flagellum qui présentent cette particularité d'être libres. Haut. 0,26.

113. —— attribuable à la même époque que la précédente. C'est de même un Osiris momie, mais coiffé de la *couronne atef.* Haut. 0,27.

114. —— de modèle analogue au précédent. Haut. 0,30.

115. — Deux statuettes d'Horus ; l'un assis, l'autre debout. Haut. 0,12 et 0,15.

116. — Deux statuettes d'Horus debout. Haut. 0,15 et 0,12.

117. ——— debout, coiffés du pshent. Autour du socle une inscription finement gravée : *Horus enfant donne la vie*, etc.

118. —— assis ; l'une d'elles porte la coiffure du dieu Phtah, l'autre est couronnée du pshent.

119. —— assis ; l'un d'eux nu-tête, l'autre portant la coiffure Phtah. Haut. o,14 et o,12.

120. — Statuette d'Horus épervier, vengeur de son père Osiris Haut. o,14.

121. — Statuette de Sekhet debout. Haut. o,14.

122. — Deux statuettes de la déesse Bastit debout ; l'une, coiffée du disque solaire d'où jaillit l'urœus ; l'autre, sans coiffure et tenant l'égide. Haut. o,16 et o,10.

123. — La déesse Neith (souveraine de Saïs) dans la pose hiératique assise. Haut. o,13.

124. —— assise, les yeux incrustés d'électrum. Haut. o,15.

125. —— debout, portant un petit vase à collyre, postérieurement ajouté. Haut o,22.

126. —— debout, sur un socle portant cette inscription : *Paroles de la déesse Neith qui donne la vie*. Son vêtement est élégamment orné, en gravure, d'un Horus héraldique. Haut. o,21.

127. — Déesse Neith debout, mais sans socle et coiffée de la couronne blanche. Haut. o,18.

128. —— coiffée de la couronne rouge. Haut. o,14.

129. — Deux statuettes de Neith ; l'une d'elles porte le collier usek ; toutes deux ont la tête couronnée du pshent. Haut. o,12.

130. — Statuette de Neith, coiffée de la couronne rouge ; les pieds manquent. Haut. o,11.

131. — Statuette de la déesse Selk-Isis, coiffée comme l'Hathor, et tenant sur ses genoux le dieu Horus enfant, qu'elle se dispose à allaiter. Les yeux, inscrustés d'électrum, les pieds reposant sur un socle où est gravée l'inscription actuelle : *Isis qui donne la vie.* Haut. 0,25.

132. —— coiffée avec la couronne de la déesse Nephtys, surmontée de la coiffure d'Hathor. Haut. 0,27.

133. —— même type que la précédente statuette. Haut. 0,16.

134. — Statuette du dieu Nofré-Toum. La facture remarquable de ce bronze prouve qu'il nous vient de l'époque ptolémaïque, les bras et les jambes sont élégants et bien musclés; la tête, dont les yeux sont incrustés d'argent et d'électrum, présente un relief saisissant. Le dieu tient dans sa main droite le kopesh; il est couronné de la fleur de lotus d'où jaillissent les deux plumes d'Ammon : sur le revers de la couronne pendent les signes de la vie. Haut. 0,37.

135. — Statuette du dieu Nofré-Toum; même type que la précédente. Haut. 0,26.

136. — Le dieu Ammon en marche. Haut. 0,27.

137. — Deux statuettes d'Ammon; même type, en plus petit. Haut. 0,16.

138. —— assis, coiffé du disque solaire et des plumes. Haut. 0,16.

139. —— debout; les bandeaux de la barbe, le collier et la tunique sont inscrustés d'or, le dieu est coiffé des plumes sans le disque. Haut. 0,10.

140. — Le dieu Noum en marche. Haut. 0,20.

141. — Le dieu Phtah, assis. Le cou du dieu est ceint du collier usek, sa tête est coiffée du serre-tête ; ses mains tiennent le ouas. Haut. 0,16.

142. — Deux statuettes de Phtah, debout dans la position hiératique. Les pieds reposant sur un socle trapézoïde gravé de la phrase rituelle : *Phtah, maître du ciel, donne la vie.* Haut. 0,13.

143. — Statuette de Phtah, placée sur un socle rectangulaire où court une inscription votive à Osiris, sur le socle encore le dieu Nil sous la forme du crocodile. Haut. 0,14.

144. — Le dieu Imhotep (maître de la science), assis dans sa pose classique, les yeux incrustés d'or. Il déroule son papyrus où le statuaire a gravé en hiéroglyphes le nom divin. Le cou est orné de l'usek. *Statuette trouvée et montée par Mariette.* Haut. 0,14.

145. — Statuette d'Imhotep : même pose que la précédente statuette. Haut. 0,17.

146. — Égide en bronze présentant en fronton une tête de Cléopâtre coiffée du pshent dont manque la couronne blanche ; l'émail des yeux est d'une conservation parfaite, l'incrustation bleue de la chevelure en tuyaux subsiste partiellement ainsi que l'ornementation finement ciselée du corps de l'égide, charmant travail de l'époque ptolémaïque patine brune. Haut. 0.21.

147. — L'égide d'Isis. La tête est coiffée de la couronne d'urœus, surmontée des cornes d'Hathor et du disque. Haut. 0,29. Long. 0,18.

148. — Le dieu Anhour (le dieu cosmogonique *qui fait la vérité* ; il se confond souvent dans la mythologie égyptienne avec le dieu Shou ou avec Horus-Tma. Haut. 0,14.

149. — Le dieu cynocéphale, spécialement ici emblème du dieu Thot, maître de la science, surtout de la science astronomique. Les Égyptiens le surnommaient le *Mesureur du Temps*. Haut. 0,05.

150. — Le dieu Noum, sous sa forme de générateur du monde, tel qu'il fut adoré à Éléphantine, c'est-à-dire sous la forme du dieu Noum Ammon. Le dieu est coiffé de la couronne Atef; les élitres du scarabée déployées et soutenues par les deux Urœus sont attachées au torse ; il a le phallus de Khem et près de son visage repose une tète d'Hathor. Haut. 0,10.

151. — Ibis, symbole du dieu Thot, représenté accroupi. Haut. 0,10.

152. —Une urœus solaire coiffée du disque avec pectoral encore incrusté en partie d'émaux bleus et ocre rouge. Haut. 0,10.

153. — Sorte de rostre orné d'une reine coiffée du pshent et dont le corps est celui de l'urœus. Haut. 0,13.

154. — Cistre surmonté d'un chat accroupi. Haut. 0,15.

155. — Statuette d'un personnage coiffé du serre-tète qu'orne l'urœus. Haut. 0,12.

156. — Un prêtre. La longueur des bras, les modelés du torse et de la tète indiquent une époque primitive ou au contraire de décadence. Haut. 0,17.

157. — Horus Harpakhrat (dieu du soleil levant) assis et coiffé de la couronne Atef. Haut. 0,24.

158. — Osiris coiffé de la couronne blanche. Haut. 0,16.

159. — Un socle en bronze massif, autour duquel se développe une inscription en très beaux hiéroglyphes avec une vignette très fine sur la face antérieure. Le texte est une invocation du mort à Osiris, pour que ce dieu lui accorde d'être divin et paisible dans sa syringe. La vignette représente une scène d'offrandes du mort à Osiris pour que sa prière soit exaucée. Sur le socle était une statuette qui a disparu et qu'on a remplacée par un Osiris. Une autre statuette en bronze est demeurée à sa place. C'est un prêtre accroupi faisant des libations sur une table d'offrande placée sur ses genoux. Longueur du socle 0,19 ; hauteur de la statuette 0.22.

160. — Deux statuettes d'Osiris encore couvertes d'une couche d'émail doré. Haut. 0,19 et 0,17.

161. — Le bœuf Apis le fécondateur des dieux et le fécondateur de sa propre mère. Petit bronze. Long. 0,08 ; haut. 0,04.

***162.** — Statuette du Nouvel Empire XIXᵉ à XXIIᵉ dynastie de Selk-Isis dont le visage est vraisemblablement le portrait d'une reine, le dieu qu'elle allaitait a disparu, ainsi que l'incrustation des yeux, l'urœus de la chevelure de la statuette, une grande partie de la dorure qui devait patiner presqu'entièrement et l'ornement supérieur de la couronne d'Isis, dont il ne subsiste plus que le cercle de vipère. Une déesse de la victoire (épervier ou vautour) tatoue la coiffure d'une gravure très fine. Haut. 0,21.

163. — Deux petites pièces et une table surmontée de figures.

164. — Vase rituel orné de bas-reliefs représentant Ammon, Hathor, Sekhet avec leurs attributs. Haut. 0,08.

165. — Deux sphinx de l'époque ptolémaïque. Le premier coiffé du pshent, le second portant sur le cou une colonnette ayant la forme d'une fleur de lotus. Long. 0,07.

166. — Deux prêtres accroupis : L'un présente une petite déesse Mà (déesse de la vérité), l'autre tient des offrandes. Haut. o,04.

167. — Deux statuettes : Une reine accroupie faisant des offrandes de vin. Haut. o,o5. — Un prètre debout faisant des offrandes de pain. Haut. o,o6.

168. — Deux statuettes : Un dieu Horus humain debout à tête d'épervier. Haut. o,o5. — Un prêtre debout priant. Haut. o,o5.

169. — Quatre statuettes : Un Horus épervier de la basse époque. Haut. o,04. — Un prêtre assis. Haut. o,09. — Une déesse Bastit tenant l'égide. Haut. o,13. — Un dieu Osiris de la basse époque. Haut. o,o85.

170. — Trois statuettes : Le dieu Ammon en marche. Haut. o,15. — Une déesse Selk-Isis. Haut. o,12. — Un dieu Osiris debout. Haut. o,14.

171. — Trois statuettes : Le dieu Osiris. Haut. o,10. — Un dieu Horus enfant. Haut. o,07. — Un dieu Anhour. Haut. o,13.

172. — Trois statuettes : Une reine à corps d'urœus, coiffée du pshent. Haut. o,12. — Un dieu Osiris. Haut. o,11. — Un dieu Bes (Bacchus égyptien, dieu de la musique et de la danse). Haut. o,07.

173. — Quatre petits objets : Un ibis accroupi. — Une coiffure d'Hathor. — Un socle creux. — Une déesse Neïth.

174. ——— Un oiseau volant, portant une colonnette en forme de fleur de lotus. — Une petite déesse Thouëris coiffée des plumes d'Ammon. — Un dieu Horus enfant debout. — Un autre assis et portant la couronne Atef.

175. — Quatre petits objets : Un petit cynocéphale coiffé du disque lunaire et tenant l'œil symbolique. — Une égide d'Isis. — Un dieu Horus debout, couronné du pshent. — Un petit dieu Ammon dans la pose classique.

176. ——— Un cistre surmonté d'une urœus. — Un petit dieu Bes. — Une coiffure d'Hator. — Un petit dieu Set (le dieu du désert et du mal : le meurtrier d'Osiris).

177. ——— Le dieu Anhour en marche. — Un petit cistre surmonté par la tète de Noum. — Un petit dieu Horus enfant. — La déesse Neïth.

178. ——— La coiffure d'Hathor. — Une petite statuette de femme coiffée de la couronne blanche. — Le dieu Horus enfant, debout. — Une urœus solaire avec pectoral.

179. ——— Un dieu Bes. — Un petit dieu Anubis. — Groupe de cinq toutes petites statuettes d'Osiris. — Un dieu Nofré-Toum. coiffé de la fleur de lotus et des plumes d'Ammon.

180. ——— Une petite statuette de prêtre à genoux. — Une déesse Sekhet. — Un dieu Osiris. — Un bœuf Apis.

181. ——— Une petite statuette d'Horus enfant. — Un petit bœuf Apis. — Une petite déesse Selk-Isis. — Un dieu Bes.

182. ——— Un petit Osiris. — Un cistre ayant la forme d'une tête d'épervier (Horus) coiffée d'un disque solaire qui est lui-même surmonté d'un petit épervier. — Un petit dieu Osiris. — Un dieu Nofré-Toum. Haut. 0,07.

183. — Quatre statuettes : Un prêtre à genoux. — Une déesse Neïth, pièce dont les pieds manquent. Haut. 0,11. — Une autre entière, moins une partie de bras. Haut. 0,20. — La déesse Sekhet sous sa forme de chatte accroupie. Haut. 0,05.

184. — Quatre statuettes : Un dieu Anhour. — Un Osiris coiffé de la couronne Atef. — Un autre coiffé de la couronne blanche. — Un dieu Nofré-Toum.

185. ——— Un petit dieu Horus humain à tête d'épervier. — Un petit dieu Osiris coiffé de la tresse d'Horus. — Un cistre surmonté d'une urœus couronnée du pshent. — Une urœus solaire.

186. ——— Statuette d'Hathor. Haut. 0,10. — Le dieu Horus enfant. — Le dieu Phtah. Haut. 0,06. — Le dieu Osiris. Haut. 0,07.

187. ——— Un dieu Horus enfant. — Un idem. Haut. 0,08. — Un petit trône osirien. — Un ibis accroupi.

188. ——— Une déesse Sekhet. — Deux dieux Horus enfants. — Le dieu Phtah.

189. — Huit petites pièces : Un vase. — Un dieu Bes ivre. — Trois pleureurs. — Une grenouille. — Deux génies accolés dos à dos. — Un dieu Horus enfant.

190. ——— Un dieu Horus enfant. — Un pion de jeu de dames. — Un cynocéphale. — Un dieu Anubis. — Un cœur. — Une urœus. — La déesse Mà. — Un autre dieu Anubis.

Scarabées[1] et amulettes

191. — Scarabée funéraire en jaspe vert. Sur le plat sont gravées treize lignes d'inscription hiéroglyphique dans le sens horizontal ; l'écriture très nette se lit de droite à gauche. C'est le paragraphe 3o du « Livre des Morts », portant le titre suivant : *Chapitre de ne pas laisser le cœur de l'homme s'élever contre lui dans la région de l'Amenti.* L'inscription débute par ces mots : *Mon cœur né de ma mère, mon cœur qui m'est utile dans ma vie terrestre, et pour mon repos en tant que momie, ne sois pas mon ennemi.* La suite de l'inscription consiste à supplier ce cœur de parler pour lui devant Osiris, le dieu grand, et en formules magiques destinées à obliger le cœur de la momie devenue elle-même un Osiris, à la secourir en présence du maître de la divine région inférieure. Pièce curieuse de travail remarquable. Long. 0,05 ; larg. 0,04.

192. — — en jaspe vert moucheté. Sur le plat, onze lignes d'inscription hiéroglyphique en sens horizontal, se lisant de droite à gauche. Même texte que le scarabée précédent. Long. 0,07 ; larg. 0,05.

193. — Grand scarabée en faïence bleue turquoise : le ventre

[1] De toutes formes, de toutes tailles, de toutes matières, mais le plus souvent en pâte de verre ou en pierre tendre ou en frite émaillée, les scarabées et les amulettes nous sont parvenus en grand nombre gravés d'inscriptions, de sentences, presque toujours impossibles à transcrire. Les scarabées étaient surtout destinés au culte funéraire, on les plaçait sur la poitrine des momies, où ils étaient censé remplacer le cœur du mort embaumé et mis à part dans un des vases canopes. Quant aux amulettes, on les portait en colliers aussi bien durant la vie qu'après la mort ; les plus grandes étaient placées dans les temples. Les amulettes les plus fréquentes étaient ou bien de petites divinités, ou bien des symboles religieux ou magiques.

porte un anneau destiné à le fixer sur la poitrine du défunt. C'est un
emblème de l'âme, préservant le mort des périls qui l'attendent dans
les régions infernales.

194. — Grand scarabée royal en céramique, ton lapis lazuli. Il
a pour embase un récipient en forme de cartouche servant aux usages
sacrés et dont le liquide se déverse dans une petite cuvette, également
ment en forme de cartouche, fixée à la partie antérieure de l'embase.
Sur le plat du grand cartouche sont gravés deux noms de Thoutmès III, pharaon de la XVIIIᵉ dynastie. Le premier nom, le plus
connu, *Thoutmès*, est gravé en hiéroglyphes de grandes dimensions ;
l'autre, *Koprirou*, *Nofir-ra*, en hiéroglyphes plus petits, est placé
au-dessus du premier. Ce deuxième nom du roi était usité à Thèbes,
mais en général il est rare, et plus rare encore lorsqu'il se trouve
accolé au nom Thoutmès dans un même cartouche. Sur le pourtour
de l'embase sont gravées des bannières et les signes symboliques :
l'autel, la croix ansée et le sceptre. Ce scarabée avait pour but pro-
bable de servir aux onctions sacrées du pharaon.

195. — Scarabée très artistement taillé dans une pierre peu com-
mune de ton brun-rouge. Sur le plat sont des hiéroglyphes d'une
grande netteté. Un sphinx debout et coiffé de l'urœus est gravé en
intaille et se trouve environné du nom *Nofir-Koprirou-ra. Nofir
setep-n-Râ. (Beau des devenir de Râ, puissant choisi par Râ).*
Long. 0,03 ; larg. 0,02.

196. — Grand scarabée en malachite avec inscription hiéroglyphique au nom de *Thoutmès III*, XVIIIᵉ dynastie ; à droite, le cartouche contenant le prénom : « *Double du dieu Râ* » ; à gauche, le
sphinx royal avec le titre : « *Seigneur des deux Terres* » ; au bas, le
nom du roi.

197. —— en jaspe vert. Sur le plat sont gravées six lignes d'inscription hiéroglyphique dans le sens horizontal et se lisant de droite

à gauche; l'inscription débute par ces mots : *Paroles de l'Osiris, premier prophète du nom de Kemès*. la suite est un fragment du chapitre trente du « Livre des Morts ». Long. 0,04 ; larg. 0,03.

198. — Grand scarabée en brèche polie, portant gravée sur le plat l'inscription *Anx-Nofir-n-Kopir : Beaux de vie sont les devenir de Râ*.

199. —— amulette divine de dimensions tout à fait inusitées en pierre dure porphyroïde et d'époque archaïque. Ce remarquable monument, peut-être unique, porte gravé sur le plat le dieu Kopir accomplissant sur sa barque le voyage rituel au sein des eaux célestes: au-dessous de la nacelle divine, la formule de protection *f-sa*. La rareté d'une amulette en cette matière, ses dimensions inusitées, la beauté de ses hiér glyphes, confèrent un caractère exceptionnel à cet objet.

200. —— en faïence, ton verdâtre, les hiéroglyphes très nettement gravés en intaille, reproduisent le texte, très semblable sur toutes les statuettes funéraires. donnant le chapitre six du « Livre des Morts » qui a pour titre : *Des Métamorphoses*, et dont la traduction est la suivante. *Quand l'osiris (ici un nom difficile à identifier) sera reconnu apte à participer aux travaux qui s'exécutent dans la divine région infernale, il sera purifié de tout ce qu'il peut y avoir de mauvais en lui.* La suite est une invocation aux dieux pour qu'ils le jugent digne d'exécuter ces travaux.

201. — Huit scarabées en matières variées avec inscriptions hiéroglyphiques très nettes. Cartouches royaux, ornements symboliques, tels que dieux, plumes solaires. croix ansées. yeux symboliques (oudja).

202. — Huit scarabées : même genre que le précédent numéro.

203. — Sept scarabées en matières diverses avec anagrammes royaux et divins d'un très fin travail de gravure.

204. — Dix scarabées à motifs variés d'un très beau travail de gravure.

205. — Quatorze chapelets de scarabées de matières diverses et diversement ornés.

206. — Six scarabées : Inscriptions hiéroglyphiques particulièrement curieuses : Cartouches de règnes divers avec scènes symboliques, cynocéphales saluant le nom royal, scènes d'offrandes, etc.

207. — Six scarabées de plus grandes dimensions. L'un, de la XIIe dynastie, se fait remarquer par ses hiéroglyphes enjolivés de stries ; un autre, rare par la beauté de la gravure, présente des singes gambadant sur des lotus.

208. — Trois scarabées funéraires, l'un en prime d'émeraude, les deux autres en émail de porcelaine, sans inscriptions.

209. — Douze petits scarabées : Faïence, pierres tendres, terrecuite avec inscriptions.

210. — Deux chapelets, chacun de douze petits scarabées divers.

211. — Deux grands scarabées votifs en pierres porphyroïdes avec inscriptions hiéroglyphiques.

212. — Quatre grands scarabées. L'un en pierre dure, porte des traces de dorure, un autre est en pâte de verre noir façon obsidienne, les deux derniers sont en pierres différentes.

213. — Cinq scarabées de matières et de dimensions variées.

214. — Six scarabées funéraires en pierres dures. Dimensions variées.

215. — Deux scarabées : L'un en prime d'émeraude à plat carré ; l'autre est une amulette de momie en faïence bleue.

216. — Vingt-sept scarabées et amulettes d'ordre varié.

217. — — de composition feldspathique gravé d'une tête de dieu Bes en relief. Long. 0,035 ; larg. 0,025.

218. — Sept petits attributs en faïence, dont un pectoral d'un beau ton turquoise.

219. — Cinq pièces diverses en faïence.

220. — Quatre pièces diverses en faience, dont un cynocéphale, gardien des régions osiriennes.

221. — Cinq petites pièces diverses en faïence.

222. — Six petites pièces diverses en faïence.

223. — Sept petits attributs en faïence et une plaque en pâte de verre.

224. — Six petites pièces en faïence, dont un dieu Osiris debout sur un sphinx.

225. — Douze petites pièces en faïence représentant des divinités diverses des temples d'Hathor, des fleursd e lotus et des animaux.

226. — Sept petites pièces diverses en faïence : Deux déesses Sekhet ; un dieu Horus enfant coiffé de la couronne Atef ; un œil symbolique ; un dieu Horus humain à tête d'épervier et coiffé du pshent ; un titou ; une colonnette en forme de tige de lotus.

227. — Six pièces et quatre attributs divers : Un Horus épervier, une couronne et quatre attributs divers.

228. — Un grand scarabée avec élitres rapportées et quatre fragments.

229. — Quatre pièces analogues au lot précédent.

230. — Sept figurines diverses en faïence.

231. — Sept petites pièces diverses en faïence.

232. — Quatre pièces : Un dieu Phtah embryon dont le support porte gravé en hiéroglyphes le nombre des jours de l'année (le nombre 40 répété huit fois ou 360 total des jours de l'année égyptienne, les jours *épagomènes* ne sont pas marqués sur la statuette) ; deux déesses Sekhet et une colonnette en forme de tige de lotus, terminée à la partie supérieure par une tête de reine coiffée du pshent.

233. — Six pièces de faïence : Une déesse Sekhet avec une inscription votive sur le support ; une déesse Isis enceinte ; un dieu Horus enfant ; la triade Isis-Horus-Nephtys ; un Horus humain à tête d'épervier ; un dieu Bes.

234. — Quatre pièces : Une déesse Sekhet assise ; une déesse Selk-Isis ; une déesse Thouëris, coiffée comme la déesse Hathor et un dieu Noum.

235. — Statuette d'une reine, peut-être d'une fille de Thoutmès III ou d'Aménophis IV, rois de la XVIIIe dynastie. Elle portait le titre de *Mère grande*, c'est-à-dire de reine titulaire, ainsi que l'indique l'inscription du support.

236. — Quatre petites figurines en faïence et un cylindre orné d'un motif granulé.

237. — Douze figurines en faïence. Divinités diverses.

238. — Six figurines diverses en faïence.

239. — Huit figurines diverses en faïence, quatre pièces : Une déesse Thouëris ; un dieu Ammon dans la pose classique ; la déesse Isis enceinte ; le dieu Phtah embryon.

240. — Onze petites statuettes et amulettes en faïence.

241. — Dix petites pièces de faïence. Divinités et amulettes.

242. — Cinq pièces en faïence : Déesses Sekhet debout ou assises ; un titou.

243. — Quatre pièces en faïence : Une déesse Sekhet coiffée du disque lunaire ; une déesse Bastit assise et tenant le cistre ; une déesse Selk-Isis et un sphinx à tête de bélier.

244. — Huit petites pièces de faïence. Divinités et accessoires.

245. — Quinze objets minuscules en faïence : Scarabées, divinités, titous, etc.

246. — Huit fragments d'objets en faïence.

247. — Douze fragments d'objets en faïence.

248. — Trois colliers de perles en pâte de verre polychrome.

249. — Six colliers de perles analogues aux numéros précédents.

250. — Neuf colliers de perles analogues.

251. — Douze colliers de perles analogues.

252. — Six colliers analogues.

253. — Collier composé de trente-sept perles cylindriques en pâte de verre polychrome.

254. — Sept colliers de perles en pâte de verre de formes variées.

255. — Six colliers de perles même genre.

256. — Cinq colliers variés en pâte de verre et faïence.

257. — Trois colliers de perles en pâte de verre et faïence. Genres variés.

258. — Trois pièces : Un cylindre en pâte de verre bleu et blanc ; une grosse perle colorée ; une perle verte en forme de cylindre.

259. — Trois perles variées en pâte de verre.

260. — Six pièces : Un anneau ; une pomme de conifère ; une perle de collier en verre irisé ; un titou ; deux ta.

261. — Six pièces : Une bague cachet au nom de *Thoutmès ;* une bague-cachet avec œil symbolique ; deux titous ; deux ta.

262. — Six pièces : Deux anneaux avec inscriptions ; trois titous ; un ta.

263. — Six pièces : Cinq anneaux avec chatons symboliques ; une tête d'animal, le tout en faïence.

264. — Six pièces : Une petite corbeille amulette ; une amulette piriforme ; un cachet avec inscription ; deux cœurs ; un pion de damier ; faïence.

265. — Quatre pièces : Un dieu Phtah embryon en faïence. Autre emblème, plus compliqué que le n° 232, des croyances égyptiennes concernant l'astronomie : celui-ci symbolise le système mécanique du monde. Il est placé dans la même position que le numéro ci-dessus, mais portant les quatre Horus sur ses épaules et le scarabée d'Ammon couvrant le crâne. Dans son dos la déesse Hathor le tient étroitement embrassé ; elle est coiffée du disque, qui forme ainsi avec le crâne du dieu un cartouche ceignant le scarabée. Hathor est elle-même entourée des déesses Neïth et Isis. — Une barque funéraire en os avec proue en tête de bélier. — Deux boutons émaillés en faïence, formant rosace.

266. — Huit petites pièces en faïence : Une déesse Sekhet debout. une autre assise et tenant le cistre ; un petit naos à scène funéraire ; un dieu Bes ; une urœus solaire ; une femme accroupie ; un ta ; un titou.

267. — Sept pièces faïence ; motifs divers.

268. — Cinq pièces en faïences diverses.

269. — Une collection de vingt-sept boutons divers.

270. — Cinq pièces en faïence comprenant un grand scarabée solaire et quatre amulettes en forme de canope ; teinte bleue rehaussée de dessins noirs.

271. — Cinq autres pièces en faïence, mêmes motifs.

272. — Cinq pièces en faïence : Un grand scarabée solaire avec les élitres rapportées et quatre génies funéraires.

273. — Lot semblable au précédent.

274. — Lot semblable aux deux précédents.

275. — Un scarabée avec élitres rapportées.

276. — Sept pièces : Un dieu Bes guerrier ; un autre Bes ; un œil symbolique aux teintes bleues et noires ; un vase en forme de balustre ; un Horus enfant assis sur un bouton de lotus ; une fleur de lotus en forme de coupe ; un contrepoids de collier.

277. — Cinq pièces de faïence : Un dieu Phtah-Sokar ; un titou ; un singe hiératique dans l'attitude de l'adoration ; un dieu Thot ; la déesse Sekhet assise.

278. — Quatre pièces en faïence : Un titou finement ouvragé ; une triade d'Ammon ; un dieu Phtah embryon ; une série de déesses Nephtys réunies en un seul groupe et accomplissant le rite de la protection divine. Elles tiennent le symbole de la vie et de la protection.

279. — Six petites pièces diverses en faïence.

280. — Cinq petites pièces diverses en faïence.

281. — Cinq pièces en faïence : Quatre petites figurines de dieux et un pectoral carré orné d'un fronton.

282. — Cinq petites pièces diverses en faïence.

283. — Cinq petites pièces en faïence : Quatre statuettes divines et une colonnette à fleur de lotus.

284. — Cinq cachets en matières variées, dont l'une en hématite sur la poignée duquel le scarabée est gravé en intaille, le plat porte l'inscription *Osiris, dieu grand, seigneur d'Abydos.*

285. — Sept pièces : petits objets variés en faïence et en pierre.

286. — Cinq pièces : un dieu Phtah embryon pierre dure, coiffé de la tresse; une déesse Sekhet tenant l'œil symbolique; une inscription votive est gravée sur le support; la déesse Selk-Isis, fille du soleil et nourrice d'Horus; un lion couché et un dieu Bes.

287. — Huit pièces : une déesse Thouëris en pierre grise; une Selk-Isis en pierre noirâtre avec une inscription votive; un lion couché et cinq yeux symboliques en faïence.

288. — Sept amulettes diverses en faïence et en pierre.

289. — Deux pièces : une déesse Sekhet en faïence, coiffée de l'urœus formant anneau d'amulette; un cynocéphale sacré, gardien des régions osiriennes, en calcaire tendre.

290. — Un lot de huit pièces diverses ; faïence et pierre.

291. — Un lot de six pièces diverses ; faïence et pierre noire.

292. — Quinze petites pièces en faïence et en pierre.

293. — Quinze petites pièces. Lot analogue au précédent.

294. — Quinze petites pièces. Lot analogue aux précédents.

295. — Quinze pièces. Lot analogue aux précédents.

296. — Dix petites pièces. Lot analogue aux précédents.

297. — Douze petits carrés et amulettes avec inscriptions hiéroglyphiques de noms royaux très nettement gravées.

298. — Douze petits carrés et amulettes dont l'un est d'un curieux travail d'ivoire, et les autres, en matières diverses. L'un de ces derniers présente un œil symbolique et, à la face opposée, les emblèmes de la déesse Hathor.

299. — Douze amulettes offrant des formes de coquillages et décorées d'inscriptions symboliques.

300. — Douze cachets de formes et de matières variées, avec inscriptions hiéroglyphiques, noms de rois et de personnages.

301. — Idem.

302. — Douze amulettes diverses.

303. — Douze amulettes oblongues dont une partie a probablement servi de cachets, avec inscriptions et signes symboliques.

304. — Douze amulettes de formes variées, également avec inscriptions et signes symboliques.

305. — Douze amulettes en forme de naos, d'animaux, d'objets usuels, et un cachet au nom de *Thoutmès*.

306. — Trois amulettes en forme d'animaux : la déesse Thouëris (la bonne nourrice) en cornaline jaspée; un chat, pendentif de collier en sorte de gabro; une grenouille en pierre siliceuse jaspée.

307. — Deux amulettes : une déesse Thouëris en cornaline ; un œil symbolique double[1] en même matière et d'un beau travail.

308. — Trois pièces : une uræus divine avec tête de la déesse Sekhet et couronnée du pshent, en cornaline opaque; un pilon en quartz ; un ta [2] en jaspe rouge.

309. — Trois amulettes : un dieu Horus en prime d'émeraude, ayant servi de pendentif; un cœur en pâte de verre rouge ; un ta en jaspe rouge.

310. — Trois pièces : un dieu Phtah embryon d'un très beau travail en cornaline translucide; un poids de même matière ; un cylindre en porphyre rouge.

311. — Trois pièces : un dieu Horus accroupi en prime d'émeraude avec anneau de pendentif; une bague, cachet en cornaline jaspée portant le nom d'Ammon gravé sur le chaton; une perle en lapis-lazuli.

312. — Trois pièces : une déesse Isis à coiffure d'Hathor en cornaline translucide, la déesse, placée dans la pose hiératique de la protection, sa main tenant le sceptre; une bague, cachet de même matière ; un cachet syrien en silex.

313. — Trois pièces : un dieu Anubis, gardien des tombes ; une colonnette tige de lotus ; une perle de collier en cornaline.

---

[1] Œil du dieu Horus.
[2] Boucle de ceinture de la déesse Isis.

314. — Trois pièces : une pleureuse ; une perle de collier en jaspe rouge ; un cylindre en silex noir.

315. — Quatre pièces : une pleureuse ; la déesse Sekhet souveraine, avec, pour coiffure, le disque solaire ; un œil symbolique en diorite noir ; une perle de collier en cornaline opaque.

316. — Cinq pièces : deux jambes de génies ; un corps d'Horus avec incrustations blanches dans la pâte de verre ; un dieu Bes ; une perle de collier en jaspe rouge.

317. — Trois pièces : un poisson oxyrinque en albâtre, le poisson sacré du Nil ; un dieu Horus accroupi et coiffé du disque solaire en albâtre ; un dieu Horus enfant dont la coiffure est noire et la tresse jaune.

318. — Trois pièces en diorite noire : une déesse Thouëris ; deux yeux symboliques.

319. — Quatre pièces : un dieu Anubis en pâte de verre bleu ; une tablette d'offrandes en diorite blanche ; un cachet d'origine assyrienne en quartz avec griffon en intaille ; une perle de collier en jaspe rouge.

320. — Quatre pièces : un bas-relief en pâte de verre, dont la double face représente le dieu Bes ; un cachet de jaspe rouge, de travail assyrien, avec, en intaille, un prêtre priant devant le soleil ; une olive en pâte de verre noire avec incrustations de verre irisé ; une perle de collier en jaspe rouge.

321. — Trois pièces : un cachet d'origine assyrienne en quartz ; une rondelle ornementale dont la pâte de verre est granitée ; une perle de collier en pâte de verre.

322. — Trois pièces : une oreillette amulette que l'on plaçait dans l'oreille des momies, pièce funéraire intéressante ; un cylindre en fût de colonne ; un chapelet composé de onze perles en matières variées.

323. — Deux pièces : une tête d'éléphant en jade blanc gravé ; un dieu Bes en pâte de verre bleue.

324. — Huit pièces : six fragments ; une amulette en agate avec inscription moderne ; un pendentif incrusté.

325. — Cinq pièces coptes : une amulette avec texte ; deux amulettes en ivoire ; une boucle de ceinture en verre ; une croix en nacre avec anneau de bronze.

326. — Trois pièces en hématite : deux pilons et deux doigts soudés ensemble.

327. — Trois pièces semblables au lot précédent.

328. — Trois pièces : un moule en composition chimique et dont le texte indique un objet importé en Egypte par les Syriens ; une amulette en pâte de verre noire ; une bille en diabase.

329. — Trois pièces : une rondelle et une perle en pâte de verre ; une rondelle porphyroïde encadrée de bronze.

330. — Trois pièces : un petit flacon à parfums en verre irisé ; une rondelle ; un bloc en émail.

331. — Quatre cylindres et fragments.

332. — Trois pièces : deux petits cylindres ; une perle de collier en pâte de verre.

333. — Trois pièces : un cylindre en émail avec mosaïques ; un carré en forme de dé à jouer en émail coloré ; une mosaïque de même matière.

334. — Quatre poids en hématite, de dimensions variées, dont un en forme de cylindre, les autres en forme d'olives.

335. — Trois plumes en hématite ; coiffure du dieu Ammon.

336. — Quatre pièces : un chevet en hématite ; un cylindre et une déesse Thouéris en même matière ; un œil symbolique en diorite noire.

337. — Quatre pièces : un bracelet de momie en argent et trois boucles d'oreille coptes en même métal.

338. — Huit pièces : un cachet de bronze ; un pendentif de collier en étain de travail byzantin, et six pendants d'oreilles coptes en argent.

339. — Huit pièces : un cachet de bronze ayant appartenu probablement à un prêtre d'Ammon, et divers pendentifs coptes ou arabes en argent.

340. — Deux pièces : un cachet en bronze et un lot d'amulettes coptes trouvées sur la même momie et gravées d'inscriptions votives.

341. — Cinq pièces : un anneau en bronze ; une croix copte en bronze ; deux petits pendentifs coptes en argent ; une scène de l'embaumement osirien, en cuir bouilli et doré, également copte.

342. — Quatre pièces : un cachet de bronze ; un anneau de prêtre avec le scarabée, intaillé sur le chaton ; deux amulettes coptes en argent.

343. — Trois pièces : une scène de l'embaumement osirien, pièce copte en cuir bouilli et doré; le cistre d'Horus en bronze; un cachet anneau.

344. — Cinq pièces : une balle; un vase en basalte; trois titous.

345. — Six pièces : un cylindre; un petit cœur en basalte; un cœur plus grand de même matière; un ta; deux titous.

346. — Six pièces : un grand cachet avec inscription ; une balle ; une pomme de conifère; un ta; deux titous.

347. — Six pièces : un anneau ajouré; un anneau avec inscription ; une amulette en forme de lotus ; un ta; un titou; une amulette intéressante ; le serpent infernal en bois.

348. — Six pièces : un anneau de nomarque (gouverneur de province); un ta; un anneau avec scarabée sur le chaton ; trois titous.

349. — Six pièces : un anneau orné d'un lotus; une balle ; deux titous; un anneau en jaspe vert.

Bijoux

***350**. — Pendentif : petite statuette en argent représentant le dieu Horus enfant, coiffé de la tresse et du pshent, œuvre d'élégante facture. Haut. 0,04.

351. — Paire de pendants d'oreilles en or [1], ornés de perles en émeraude et en pierre de lune.

352. — Pendant d'oreille, or, orné d'un pendentif avec perles en émeraude et en grenat oriental.

353. — Bague massive, or. dont l'anneau est en forme de fer à cheval. Un scarabée, pierre dure, est profondément encastré dans le chaton.

354. — Deux pièces : un chaton de bague, or, enchâssant un scarabée en pierre dure, avec cette inscription hiéroglyphique gravée sur la face interne : *Maître de la basse Égypte* ; un petit anneau d'or dont un scarabée forme le chaton mobile.

355. — Amulette massive en or représentant la déesse Neïth ; dame de Saïs, coiffée du pshent.

356. — Amulette en cornaline jaspée, translucide, monture d'or, et représentant un phallus en tête de vipère.

357. — Deux pièces : une déesse Sekhet massive en argent, elle est coiffée d'une urœus formant anneau ; une bague cachet également massive et en argent avec animal en intaille sur le chaton.

[1] Il nous est parvenu de nombreux spécimens de la joaillerie égyptienne, boucles d'oreilles, chaînes, colliers, bagues. bracelets. cachets et, surtout, des amulettes en or, en argent, ou en pierres précieuses. Beaucoup sont d'un travail admirable par la souplesse, la richesse d'ornementation, l'élégance des formes, les bracelets étaient le plus souvent en argent, en or ou en ivoire, les colliers, en verroterie polychrome, ou en pierres précieuses, les grands colliers d'or demeurant des distinctions honorifiques accordées par le pharaon. Les chaînes étaient presque toujours en forme de lacets. Les bagues, fréquentes et de nature les plus variées, sont terminées par des chatons carrés ou des scarabées munis d'une maxime religieuse, parfois mondaine, ou bien encore d'un sceau. Tous ces bijoux auxquels s'ajoutaient des coupes, des pectoraux, des dieux étaient connus et avaient atteint leur perfection de style à l'époque de Moïse et des Hébreux, c'est-à-dire à l'époque des Ramsès, XIXe dynastie.

358. — Un collier composé de vingt-deux perles, d'améthyste pâle, taillées en olives et de dimensions variées. Les plus grosses alternent avec sept amulettes en or qui sont : deux ibis symboles de nomes, une tête de déesse Sekhet portant le collier usekh et le disque d'Hathor, un œil symbolique, deux têtes de dieu Bes, un soleil se levant à l'horizon.

359. — Bractée en or avec bas-relief représentant la triade Osiris-Anubis-Isis, pièce d'époque copte.

360. — Un dieu Anubis en or. Il tient le sceptre d'une main et de l'autre le signe de la vie, pièce massive, d'époque ancienne.

361. — Deux pièces : une bague, anneau or, formée d'un serpent terminé par une tête à chaque extrémité ; un pendentif de collier orné de perles en couleurs et d'une amulette en jaspe rouge ayant la forme d'un caneton.

362. — Paire de pendants d'oreilles, en or ajouré avec retombée de perles en émeraude et de perles fines.

363. — Paire de pendants d'oreilles, torsades en or, terminées par des têtes de taureaux. Travail de Sidon.

364. — Paire de pendants d'oreilles, torsades en or, que termine une tête de dauphin précédée d'une olive en agate.

365. — Chaîne en or.

366. — Paire de pendants d'oreilles, torsades en or, terminés par une tête de guerrier très nette surmontant une tête plus petite.

367. — Chaînette en or.

368. — Pendant d'oreilles, torsade en or, que termine une tête

de bélier, précédée d'une perle ovale en émeraude, d'un gros grain
d'or et de trois rondelles en même métal.

369. — Collier en or.

370. — Paire de pendants d'oreilles, anneaux en or, terminés par
une tête de capricorne.

371. — Deux petites égides en argent, représentant la déesse
Sekhet avec le collier usekh.

372. — Cinq pièces minuscules en argent et électrum : Horus
enfants ; la déesse Hathor ; un œil symbolique ; la déesse Sekhet.

373. — Bague, anneau en or avec perle de cornaline transpa-
rente en chaton mobile.

374. — Pendentif ayant la forme d'un cœur, en cristal de roche
et gravé d'hiéroglyphes formant le cartouche du roi *Amasis*.

375. — Petit sphinx en jaspe rouge. Il a la tête du dieu Horus.
Sur le plat on lit le cartouche complet de *Ramsès II*.

376. — Deux pendentifs : un Horus épervier en lapis ; une
déesse Mà de même matière.

377. — Intaille en hématite, portant sur une de ses faces un
personnage mythologique entouré d'une inscription grecque, sur
l'autre l'hiéroglyphe du dieu Thot de Thèbes.

Bijoux à montures modernes en or.

378. — Scarabée, pierre dure, monté en épingle de cravate.

379. — Scarabée, pierre dure, monté en broche sur deux élitres, or émaillé.

380. — Scarabée, cristal de roche, sur chaton mobile, monté en bague.

381. — Scarabée grenat oriental, sur chaton mobile, monté en bague.

382. — Un œil symbolique formant chaton mobile, monté en bague.

383. — Un cachet de nomarque, sceptre de la déesse Hathor, formant chaton mobile, monté en bague.

384. — Un cachet, pâte de lapis, monté en bague.

385. — Un cachet céramique, teinte de lapis, sur chaton fixe, monté en bague.

386. — Scarabée, pierre dure, sur chaton mobile, monté en bague.

387. — Deux scarabées de même nature, montés en bague.

388. — Sacarabée en céramique teinte de malachite, formant le chaton mobile d'une bague.

389. — Deux petits scarabées en pierre dure, montés en bagues.

390. — Deux petits scarabées porcelaine teinte de lapis, montés en bague.

391. — Petite tortue émail de porcelaine, montée en bague.

392. — Chaton de bague, porcelaine teinte de lapis, gravé des hiéroglyphes d'Hathor et monté en épingle de cravate.

393. — Chaton de bague émail de porcelaine teinte de lapis, gravé d'hiéroglyphes et monté en épingle.

394. — Chaton de bague, monté en épingle. Email de porcelaine teinte de lapis, portant un nom de personnage en signes hiéroglyphiques. *Nofir-anx-nib.*

Faïence[1]

*** 395.** — Oushabti en faïence émaillée, d'une fort belle teinte vert clair. Sur la face dorsale, une ligne d'inscription rituelle. Cette œuvre qui porte les caractères de la XVIII⁰ dynastie est un des modèles les plus précieux des statuettes en cette matière. Sous la coiffure délicatement rubannée le visage apparaît d'une sérénité souriante. On croirait que le personnage est endormi plutôt que mort, et le nez d'une finesse charmante de modelé semble respirer ; une barbe postiche élégamment ouvrée complète le visage. Haut. 0,18.

[1] Terme pour ainsi dire impropre, mais par lequel on est convenu de désigner le sable ou la frite aglutinée, cuite au four, et recouvert d'un émail semblable à celui de la porcelaine. Les Egyptiens usèrent énormément de cette matière facile à travailler et firent parfois avec de véritables chefs-d'œuvre.

*396. — Déesse Thouëris en faïence de travail très fin, patine
d'une belle teinte vert-émeraude. Haut. 0,06.

*397. — Statuette de la déesse Selk-Isis en céramique émaillée
d'une jolie teinte vert d'eau. Ce petit monument qui reflète l'art
gracieux de la XVIIIe et du début de la XIXe dynastie, est d'un travail particulièrement soigné, surtout visible dans les stries de la coiffure et le motif ornemental qui décore le trône où la déesse est
assise. Haut. 0,13.

398. — Deux statuettes funéraires ou oushabtis en faïence et un
fragment de même matière.

399. — Statuette en faïence funéraire représentant Osiris. Moyen
empire.

400. — Trois statuettes funéraires ou oushabtis en faïence rehaussée de peintures : noire et ocre rouge. Les hiéroglyphes, peints également, ont presque entièrement disparu.

401. — Trois statuettes funéraires en faïence, têtes, mains, attributs sculptés. Sur le dos de chacune d'elles une inscription hiéroglyphique est gravée en intaille. C'est ou bien une litanie tirée du
chapitre des doubles dans le « Livre des Morts » et qui se répète à
peu de choses près sur toutes ces statuettes : Le mort loue Osiris et
l'invoque pour qu'il lui accorde ses faveurs : ou bien une formule
magique pour obliger ce dieu à lui être propice.

402. — Vingt-sept statuettes funéraires.

403. — Trois statuettes funéraires en faïence ; l'une d'elles, gravée
sur le devant, d'une louange : *Dévot à Osiris, que mon cœur
soit en sa place.*

404. — Quatre statuettes funéraires en faïence, gravées sur le
devant de l'inscription : *Dévot à Osiris, que mon cœur soit en sa place.*

405. — Treize statuettes funéraires en faïence, ornées du tablier osirien portant encore des traces d'hiéroglyphes peints en noir.

406. — Quatre statuettes funéraires en faïence. Sur l'une, on lit encore en hiéroglyphes bien conservés : *Osiris reçoit le souffle agréable* (dans ton naos), c'est-à-dire : respire « dans ta tombe » l'air nécessaire à ta vie dans l'au-delà.

407. — Quarante statuettes funéraires, avec inscriptions analogues aux précédentes.

408. — Oushabti en terre cuite colorée d'ocre rouge.

409. — Deux oushabtis en faïence verdâtre, chacun avec un nom de femme.

410. — Statuette des premières époques du Moyen Empire. La chevelure, les yeux, le nez, la bouche et le vêtement sont détaillés en noir. Noirs également étaient les hiéroglyphes, peints, à demi effacés, sur la statuette. Sur la face de la robe devait se trouver la formule rituelle : *Splendeur de l'Osiris* avec un nom effacé. Le reste de l'inscription se rapportait au chapitre six du « Livre des Morts ».

411. — Oushabti en faïence bleue. L'inscription habituelle, d'une netteté parfaite, porte le nom d'un personnage appelé *Amenhena*.

412. — Oushabti en faïence blanche, les mains, la tête et le cou recouverts d'un émail rouge brique. Le voile des cheveux est finement strié de bleu. L'inscription habituelle, d'une conservation remarquable, est disposée sur la face inférieure de la statuette en huit lignes horizontales se lisant de la droite vers la gauche. La première ligne contient le nom du personnage que la statuette représente *Aaï avec le titre divin père*[1]. Chaque hiéroglyphe est émaillé du même bleu que les stries de la coiffure. Haut. 0,22.

---

[1] Titre sacerdotal.

413. — Deux groupes pornographiques et quatre divinités phalliques de diverses époques.

414. — Un cistre en faïence surmonté d'une tête d'Hathor. Sur le manche est gravée une prière au *Maître du ciel*. Haut. 0,24.

415. — Deux pièces en faïence : la déesse Selk-Isis assise sur le trône osirien et allaitant Horus ; monument de l'époque saïte. — Un dieu Thot de la même époque.

416. — Un dieu Phtah embryon, en faïence émaillée de couleur verte ; c'est un monument cosmique, et par là curieux au point de vue archéologique, symbolisant un des piliers célestes. Le dieu est accroupi, ses mains tiennent chacune un kopesh, sorte de serpette ; ses pieds reposent sur les crocodiles, le collier usekh environne son cou, et sa tête porte la coiffure de la déesse Hathor. Haut. 0,07 1/2.

Divers

***417.** — Petite boîte de toilette en ivoire, ornée d'une tortue courant ; sur le couvercle, les cartouches de Ramsès II et de sa femme. Jolie pièce, curieuse et fine, d'un délicat travail de gravure et de ciselure.

***418.** — Canope en albâtre représentant le génie *Amset*, ayant contenu une partie des entrailles d'*Amen-mes*, fille d'*Amosis*, 1ᵉʳ pharaon de la XVIIIᵉ dynastie ; sur le corps du vase la princesse est gravée dans la pose suppliante, derrière elle son nom *Amen-mes* en hiéroglyphe. Haut. 0,45.

* **419**. — Canope en pierre calcaire, représentant le génie *Api*, ayant contenu les entrailles d'un prophète d'Ammo-Râ, nommé *Pa-n-nib*, la suite de l'inscription est une pierre votive aux dieux des morts et au génie Api. Haut. 0,49.

* **420**. — Vase à onguent en albâtre de conservation parfaite. Haut. 0,28.

421. — Grand collier composé de trente-trois grosses perles d'agathe rouge jaspée.

422. ——— de trente-neuf grosses perles de porphyre vert (?).

423. — Cinq colliers composés de petites perles en cornalines variées.

424. — Cinq colliers composés de huit perles en quartz ou en améthyste.

425. — Sept colliers : dont un collier composé de perles en pâte de verre polychrome, et un autre composé de perles en matières variées.

426. — Neuf colliers de perles en pâte de verre et en pierres dures.

427. — Quatre bracelets de momie composés de perles en verroteries montées sur des fibres de papyrus.

428. — Neuf bracelets divers, en pâte de verre, en corail et argent

429. — Barque funéraire en céramique. Au centre, s'élève une petite chapelle appelée naos. A l'arrière, une place pour le timonier ;

à l'avant, une autre pour les pleureuses. De chaque côté étaient disposés des bancs pour les rameurs. Ces barques servaient dans les
cérémonies funèbres au simulacre de la traversée du Nil par le
mort qui, dans son voyage vers les contrées heureuses, devait sensé-
ment traverser le Nil pour gagner Abydos, la cité d'Osiris. En vue
de cette cérémonie, chaque temple contenait un petit bassin sur
lequel on lançait ces sortes de nacelles en réduction, emplies de
figurines.

430. — Les quatre vases canopes en pierre calcaire. On les trouve
toujours ainsi groupés par quatre dans les tombeaux, car ils person-
nifient, chacun, un enfant d'Horus, un des quatre génies funéraires.
Les couvercles représentent, en sculpture, les têtes de ces génies,
gardiens des entrailles que l'on plaçait dans le corps des vases. Ces
génies sont Hapi à tête de cynocéphale, qui parfois représente le
cœur, Amset à tête humaine, Duaumoutef à tête de chacal, Kebhsennouf à tête d'épervier. Le corps de ces vases est celui du dieu
Canope, difficilement identifiable ; on plaçait les quatre Canopes
sous la protection des quatre grandes déesses Nephtys, Isis, Neith
et Bastite.

431. — Paire de vases en albâtre de forme cylindrique, légèrement évasée. Haut. 0,20.

432. — Vase de la même matière de forme ovoïde. Haut. 0,22.

433. — Grand vase en albâtre de forme cylindrique, légèrement
évasé. Haut. 0,41.

434. —— mêmes forme et matière. Haut. 0,27.

435. —— de quarante-neuf petits vases en albâtre de grandeurs
et de formes diverses :
Ampoules, alabastrums, amphorisques et bocaux.

436. — Vingt-sept petits vases en pierres diverses, de couleurs et de formes variées.

437. — Vase en porphyre, forme timbale ovoïde à deux oreillettes. Haut. 0,11.

438. — Vase en forme de sphéroïde surbaissé en terre d'un brun jaunâtre. Haut. 0,17 ; larg. 0,29.

439. — Cent soixante verreries de grandeurs et de formes variées ; la plupart de fabrication chypriote, trouvées dans les nécropoles égyptiennes :

Lacrymatoires, vases, flacons et bouteilles à long col à panse conique ou aplatie dites chandeliers.

440. — Deux petites peintures sur bois de la basse époque.

441. — Cinq petits vases chinois trouvés dans les tombeaux d'Égypte, importés vers les débuts de l'époque chrétienne.

442. — Un grand lot de fragments de bronze.

443. — Un lot d'armes et d'outils, silex.

444. — Un lot de quatre-vingt-neuf armes et outils, bronze et bois.

445. — Trois fragments d'objets de métier en bois avec inscription démotique et copte.

446. — Un lot de quatorze peignes en bois.

447. — Un grand lot de meules et de marteaux en pierre, époque primaire.

448. — Une petite statuette en pierre de savon représentant une femme, époque indéterminée.

449. — Deux pièces, un petit chacal et un petit cynocéphale en bois.

450. — Chevet en albâtre à colonne canelée. Haut. 0,18.

451. — Deux fragments d'huître perlière gravés sur la face dorsale du cartouche royal d'*Ousertesen* pharaon de la XIIe dynastie.

452. — Un lot de quatre fragments de papyrus[1] de basse époque, d'écritures coptes et démotiques.

453. —— de basse époque, et d'écritures coptes démotiques.

454. —— Même que le précédent.

455. — Cinq lots de quatre fragments de papyrus identiques aux précédents.

456. — Huit fragments de papyrus d'écritures, hiératiques et démotiques.

---

[1] Ce sont les fines membranes enveloppant la moelle du cyperus papyrus, plante du delta que les égyptiens utilisaient pour la fabrication de leur papier, la préparation que l'on faisait subir à la plante avant d'obtenir ce résultat était ingénieuse. Monsieur Pierret l'a décrite tout au long aux pages 411-412 et suivantes de son dictionnaire, en y ajoutant des détails intéressants sur la façon dont les scribes utilisaient le papier végétal et aussi de quelle manière on doit s'y prendre pour dérouler sans les briser ces lamelles délicates

On trouve des papyrus en écriture hiéroglyphique, hiératique et ce sont les plus nombreux, démotique et copte ; la plupart du temps le texte est un fragment du « Livre des Morts ».

DEUXIÈME PARTIE

———

ANTIQUITÉS GRECQUES
ET ROMAINES

Art copte, art byzantin et art musulman

N.º 73.

Sculpture

457. — Tête colossale de Sérapis en marbre de Paros, trouvée en 1904 à Akmin (Egypte) [1].

Cette tête est un morceau de tous points capital tant par la maîtrise incomparable de son exécution, que par son caractère de puissance souveraine s'alliant à une expression de sereine douceur. Le trou carré pratiqué dans le sommet de la tête était destiné à recevoir le *modius*, attribut propre à Sérapis.

La ressemblance est frappante entre cette effigie et celle qui représente sur la monnaie d'*Elide* la tête de *Zeus* Olympien de *Phidias*. Haut. 0,59.

*458. — Tête de Dionysos adolescent en marbre de Paros. découverte en 1904 à Tyr (Phénicie) [2].

[1] Ce nom de Sérapis fut donné par les Grecs à un dieu égyptien dont ils faisaient une incarnation nouvelle de leur Jupiter. C'est Ptolémée Soter Ier qui avait propagé le culte de ce dieu en faisant venir de Sinope une de ses statues pour lui ériger un temple à Alexandrie. Selon Clément d'Alexandrie ladite statue avait été exécutée par le sculpteur athénien Bryaxis.

[2] Jusqu'à ce jour, les ruines de l'antique Tyr n'ont fourni. à part cette ravissante tête de Dionysos, qu'un beau torse d'une Vénus accroupie, également en marbre de Paros. qui est venue enrichir le Musée du Louvre en 1886 et se trouve exposé dans la salle du Tibre.

Dans sa célèbre tragédie, « Les Bacchantes », Euripide fait apostropher ainsi le dieu Bacchus par Penthée : *Ta longue et flottante chevelure qui se répand amoureusement autour de tes joues n'est pas celle d'un lutteur et ce teint blanc et délicat ne s'est pas formé aux ardeurs du soleil.* Cette conception de l'image de Bacchus est bien conforme à celle qui inspira le ciseau de Praxitèle dans la représentation de ce dieu suivant la description qu'en a fourni Callistrate (Statue, 8) : *Dans la fleur de l'âge. plein de mollesse, imprégné de volupté, tel qu'Euripide l'a imaginé.*

La tête est ceinte d'une couronne de lierre oriental dont les dix-neuf feuilles cachent presque entièrement la partie supérieure de la chevelure relevée et retenue par un bandeau ; les détails d'ajustement accusent une certaine recherche féminine et les traits purs du visage sont empreints de quelque langueur.

Restaurations : Feuille de lierre au-dessus de l'œil gauche, arcature de cet œil, ainsi qu'une partie du nez et des lèvres. Haut. 0,50.

***459.** — Tête d'Alexandre le Grand en marbre de Paros, trouvée en 1901 à Hermopolis, dans la Haute-Egypte.

Le modelé merveilleux, l'expression tranquille et énergique à la fois, la façon toute particulière et élégante dont les cheveux sont traités ont fait attribuer au fameux sculpteur Lysippe[1] cette tête idéale du conquérant macédonien qui peut aller de pair avec les plus beaux spécimens représentés dans les grands musées d'Europe. Peut-être provient-elle d'une statue érigée par la colonie grecque, alors nombreuse et florissante en Egypte, à la gloire du grand fondateur de la ville d'Alexandrie.

Restauration : Nez et éraflure à la joue gauche. Haut. 0,47.

*** 460.** — Masque de femme grecque en marbre blanc à cheveux bouclés retombant sur le front. Haut. 0,17.

461. — Tête d'éphèbe en basalte, style gréco-romain. Haut. 0,15.

462. — Torse de Hermès en marbre. La poitrine est drapée et

[1] Né à Sicyone et contemporain d'Alexandre, Lysippe, était reconnu pour la beauté élégante des contours et tout particulièrement pour son travail séduisant dans le fini des cheveux ; très habile sculpteur, il a été choisi par Alexandre pour exécuter le fameux quadrige de bronze.

Satisfait de cette œuvre d'art, Alexandre accorda à Lysippe l'honneur de reproduire ses traits.

sur le vêtement s'applique un débris du caducée. Style gréco-romain.
Haut. 0,37.

463. — Tête de Jupiter Sérapis en marbre, style romain et dont
le modius a disparu ; mutilation du nez, de la barbe et des cheveux.
Haut. 0,44.

464. — Tête analogue, restaurée. Haut. 0,49.

465. — Tête analogue, en pierre argileuse noire. Haut. 0,15.

466. — Tête de Cerunnos, coiffée du bandeau en pierre porphyroïde, style gréco-romain. Haut. 0,21.

467. — Tête tourellée de femme en marbre, style gréco-romain,
personnifiant une ville ou une province. Haut. 0,46.

468. — Quatre petites têtes, dont une de Ptolémée, deux de Vénus et une de femme.

469. — Deux têtes de femmes romaines, en marbre. Haut. 0,12.

470. — Une tête de femme romaine, en marbre. Haut. 0,23.

471. — Une tête d'éphèbe, en marbre d'époque gréco-romaine.
Haut. 0,14.

472. — Tête romaine, en marbre Agrippa (Belle exécution).
Haut. 0,36.

473. — Tête romaine, en marbre. Haut. 0,36.

474. — Tête d'un Ptolémée, en marbre. Haut. 0,22.

475. — Tête romaine en basalte. Jules César ; belle vigueur d'exécution. Haut. 0,23.

476. — Tête romaine en marbre, Cicéron. Haut. 0,25.

477. — Tête de Vénus en marbre blanc. Sur le visage, subsistent des traces de peinture et de dorure, II° siècle. Haut. 0,32.

478. — Tête de femme romaine, en calcaire oolithique, coiffée d'un bandeau : les oreilles sont trouées. Haut. 0,36.

479. — Tête de femme romaine en marbre. Haut. 0,32.

480. — Statue d'Astarté trouvée en Égypte, pierre calcaire : la déesse est représentée assise, vêtue du chilon talaire et du peplum ; sa chevelure nouée à l'orientale est diadémée ; d'une main elle tient le ceste, de l'autre la pomme. Type pur du style palmyrien. Haut. 0,75.

481. — Masque de fontaine en marbre représentant une tête comique, la bouche grande ouverte afin de laisser passer le liquide. Haut. 0,25.

Bronzes

* **482.** — Griffon ailé en bronze. L'animal est représenté accroupi tenant une de ses pattes levées, la queue repliée sur le jarret droit. Hypocéphale à bec d'aigle, à haute crinière, à griffe de lion, à corps moitié de félin, moitié d'équidé. Bronze admirable par le modelé

du corps, la souplesse du mouvement, la noblesse de l'attitude, spécimen peut-être unique de l'art grec au IVᵉ siècle. Haut. 0,12.

483. — Hercule combattant la reine des amazones. Hercule est nu, imberbe et coiffé de la peau de lion nouée sur sa poitrine ; de la main droite il brandit une massue dont il ne reste que la poignée, de l'autre main, il tient la chevelure de la reine terrassée ainsi que sa monture qui gît sous elle ; la main de la reine tient le poignet du héros, et toute l'attitude de la femme respire une terreur où se mêle la supplication. Bon style alexandrin, patine verte. Haut. 0,20.

484. — Groupe de deux athlètes en bronze. L'un des deux, imberbe et adolescent voit son élan brisé par son adversaire plus âgé, dont le visage est orné d'une barbe frisée. Leurs cheveux sont courts et bouclés, leurs membres s'entrelacent, mais tandis que le corps du plus jeune, courbé, décèle un effort violent, l'effort du plus âgé accuse au contraire une force tranquille et puissante. Bon style gréco-romain, patine verte. Haut. 0,18.

*** 485.** — Timon de char, orné sur son fronton d'une tête de Minerve ciselée et coiffée du casque athénien à haute crista, et du nom Alexandre en capitales grecques. Beau style alexandrin, patine brune. Haut. 0,05 ; long. 0,12.

*** 486.** — Branche de laurier, d'une liberté de travail remarquable. Très beau style alexandrin, patine brune. Long. 0,42

*** 487.** — Statuette de prêtre d'époque archaïque ; il est debout, drapé dans le dos, sa tête est coiffée d'un bonnet conique. Haut. 0,10.

*** 488.** — Prêtresse, de même époque. Haut. 0,10.

* **489**. — Athlète, de même époque. Haut. 0,13.

* **490**. — Héraclès, étouffant un serpent, style archaïsant. Haut. 0,11.

* **491**. — Satyre, même style que le précédent. Haut. 0,11.

* **492**. — Génie; bronze de basse-époque. 0,11.

* **493**. — Statuette représentant la Fortune assise. Style primitif. 0,007.

* **494**. — Statuette de génie, moins ancien. Haut. 0,13.

495. — Aphrodite d'Egypte nue et debout, d'époque romaine; d'une main, elle tient le ceste, de l'autre le miroir. Haut. 0,17.

496. — Isis Fortune, les cheveux roulés en chignon; vêtue du chilon talaire et du peplum; d'une main elle tient un gouvernail, de l'autre elle retient son vêtement, époque romaine. Haut. 0,14.

497. — Mercure nu et debout. Il est coiffé du pétase dont les ailerons ont été brisés, la main droite qui tenait la bourse a disparu, de l'autre il tient la caducée, le chlamyde reposant sur l'avant-bras. Travail d'époque gréco-romaine. Haut. 0,11.

498. — Deux statuettes de Jupiter Sérapis, une assise et l'autre debout. Même époque. Haut. 0,08-0,09.

499. — Deux statuettes d'Isis Fortune; même époque que les précédents numéros. Haut. 0,10.

500. — Deux petites statuettes, une du dieu Bacchus ivre, l'autre de Mercure, époque gréco-romaine.

501. — Deux petites statues, une de Selk Isis, l'autre d'Isis Fortune, d'époque romaine.

502. — Deux statuettes, l'une d'Eros enfant; l'autre, représentant la fortune, est un ornement rostral.

503. — Aphrodite nue de Byblos ; elle est coiffée d'un diadème à sept fleurons rayonnants, et ses cheveux sont noués à l'orientale; son cou est entouré d'un collier, statuette d'époque romaine.

504. — Trois petits bustes drapés, un de femme, et deux de personnages romains.

505. — Deux petites pièces, une sirène, accroupie sur une griffe de lion ; un fragment d'équidé.

506. — Deux pièces : un génie grotesque et ailé dans l'attitude de la danse. Il est muni dans le dos d'une sorte de spatule servant de poignée. — Eros enfant, coiffé à l'Horus, époque romaine.

507. — Deux pièces : un pied de meuble, terminé en griffe de lion et dont la partie supérieure est en forme de dieu Bes ; un fragment de fontaine sur lequel un génie est à cheval.

508. — Trois pièces : Buste de Jupiter Sérapis coiffé du modius à rosace et vêtu de la tunique talaire à manches courtes. — Une bague, présentant en fronton le buste du même Jupiter que ci-dessus. — Un masque représentant Eros, ou bien le génie de Melpomène, ses cheveux présentent sur le front la petite touffe ou κρωτύλος. Ces trois pièces sont de travail romain.

* **509**. — Cachet en forme de sandale et portant le nom de Valérius, travail romain.

510. — Quatre pièces : Minerve coiffée de la chouette et vêtue d'un chiton tolaire et du peplum, authenticité douteuse. Haut. 0,22. — Petite statuette d'Aphrodite, nue et debout. — Support byzantin d'époque chrétienne, représentant une sorte de cariatide. — Pièce indéterminée.

511. — Tête présumée de Lucius Verus, authenticité douteuse.

512. — Lot de quatre lampes de travail romain et chrétien.

513. — Lampe romaine ornée d'une scène religieuse, authenticité douteuse.

514. — Lampe romaine à colonne en bronze et ornée d'un dieu lare ailé et tenant une couronne. Haut. 0,42.

***515.** — Deux pièces de travail romain et trouvées ensemble. Une fibule à lunettes, chacune des serpentines est formée de dix enroulements concentriques. — Un bracelet.

*** 516.** — Une croix byzantine à double face gravée d'une inscription religieuse et de la silhouette du Christ. Haut. 0,08.

*** 517.** — Deux têtes de lions en haut-relief; appliques de sarcophage gréco-romain.

*** 518.** — Porte-lampe, patine brune représentant le dieu Pan à longues cornes de chèvre, gréco-romain.

519. — Seau muni d'une anse mobile. Bronze romain. Haut. 0,18.

520. — Seau analogue, patine rouge, anse mobile. Bronze romain. Haut. 0,12.

521. — Seau analogue, dessins coptes, anse mobile. Haut. 0,10.

522. — Brûle-parfums romain, à quatre pieds. Rome. Haut. 0,16

Broderies. Tissus[1]

523. — Panneau broderie sur toile de lin représentant Diane au cerf entre deux amours. Travail romain III° siècle. Long. 0.94 ; larg. 0,67.

524. — Panneau, broderie sur toile de lin, représentant saint Pierre entre deux saintes, les trois personnages nimbés sont dans des arcades, pièce rare de travail byzantin. VII° siècle. Long. 1,57 ; larg. 0,76.

525. — Bannière copte brodée, représentant deux personnages sous un portique et levant les bras, ils portent les noms Kiriaki et Macarine, XII° siècle. Long. 1,21 ; larg. 0,87, trouvée à Akmin.

[1] Les peintures de l'hypogée de Beni-Assan (Égypte), représentent des métiers de tisserand qui sont presque identiques de ceux qu'on voit de nos jours aux Gobelins : ces peintures remontent à trois mille ans avant J.-C. Hérodote (Livre III, § XLVII), nous apprend comment les anciens étaient capables de tisser et de broder des figures, des animaux et des fleurs ; chaque fil se composait de 360 autres fils tous très distincts. Ces industries furent des plus florissantes en Égypte.

526. — Bannière copte en toile de lin frangée, brodée de deux anges volant et soutenant un vase eucharistique, de fleurs, d'oiseaux, etc., pièce rare du XIIᵉ siècle. Long. 1,50 ; larg. 1,16, trouvée à Akmin.

527. — Sept morceaux variés tissus et broderies coptes.

528. — Huit morceaux variés ; tissus et broderies coptes.

529. — Vingt-quatre lots, chacun composé de dix morceaux de tissus et broderies coptes de diverses époques.

530. — Fragments d'étoffes coptes.

Faïences et terres cuites

*531. — Statuette grecque en faïence teintée de vert clair, représentant Silène ivre. Il est accroupi, n'ayant pour vêtement qu'un lambeau de tunique enroulé au-dessus des cuisses. Sa tête chauve est ceinte d'un bandeau, une barbe touffue descendant en longues mèches sur sa poitrine. Pièce infiniment rare et précieuse tant par son accent de vie populaire que par la perfection de son modelé. Haut. 0,07.

*532. — Tanagra. Femme debout et drapée du long manteau, appuyant la main droite à sa hanche, l'autre main tenant un éventail. Haut. 0,29.

533. — Tanagra. Groupe de deux vieillards conversant, l'un est assis ; l'autre debout, le corps à demi penché dans une pose d'un naturel achevé, est coiffé d'un bonnet phrygien ; la chlamyde est attachée à ses épaules. Haut. 0,31.

534. —— Femme debout, vêtue du long chiton et du manteau ramené sur la tête. Haut. 0,29.

*__535.__ — Statuette analogue à la précédente, mais portant sur le côté le double miroir. Haut. 0,30.

536. —— Femme assise sur un rocher, chevelure diadémée. Haut. 0,23.

537. —— Eros ailé portant une guirlande de fleurs. Haut. 0,21.

538. —— Femme assise sur un fauteuil, sa main appuyée sur le dossier tient une pomme, une couronne de fleurs dans les cheveux. Haut. 0,23.

539. —— Femme debout, drapée. Haut. 0,25.

540. —— Silène nu et ivre assis sur un rocher, tenant un canthare. Haut. 0,16.

*__541.__ —— Tête de femme, à la chevelure enroulée et sertie d'un bandeau d'or. Haut. 0,10.

542. — Tanagra. Femme assise sur une borne, les jambes croisées, la chevelure est enveloppée dans un serre-tête, la draperie laisse le bras droit à nu. Haut. 0,21.

543. —— Statuette de femme, analogue, mais non voilée, et coiffée d'un bandeau. Haut. 0,27.

6

544. — Tanagra. Statuette de femme à chevelure calamistrée et relevée en haut chignon. Haut. 0,26.

545. —— chignon retombant. Haut. 0,16.

546. —— coiffée d'une couronne de fleurs. Haut. 0,28.

***547.** —— debout sur un socle rond, portant un collier à feuilles d'acanthe, la tête légèrement penchée. Haut. 0,28.

548. —— Vénus pudique appuyée sur une colonne à masque de Zeus. Haut. 0,29.

549. —— Deux Victoires ailées en marche et portant une couronne. Haut. 0,19.

550. —— Jeune homme vêtu du chiton et des anaxyrides (pantalon collant), il est assis sur un rocher. Haut. 0,22.

551. —— Vénus nue et debout, sortant du bain ; de la main gauche elle se prépare à se draper. Haut. 0,28.

552. —— Femme debout, drapée et coiffée du long manteau. Haut. 0,24.

553. —— Statuette de femme analogue. Haut. 0,23.

554. —— Statuette de femme analogue. Haut. 0,23.

555. —— Statuette de femme analogue. Haut. 0,21.

556. —— Statuette analogue. Haut. 0,19.

557. — Statuette de femme debout à coiffure ondulée, portant un miroir. Haut. o,ɔɔ.

558. — Deux statuettes de Tanagra. Femmes debout, chevelure ondulée. Haut. 0,24 et 0,15.

559. — Statuette de femme debout, chevelure ondulée. Haut. 0,20.

560. — Statuette analogue. Haut. 0,21.

561. — Statuette analogue. Haut. 0,18.

562. —— portant le ceste. Haut. 0,17.

563. — Femme assise sur un banc, le sein gauche découvert, les jambes croisées. Haut. 0,22.

564. — Femme assise sur un rocher, une pomme à la main. Haut. 0,24.

565. — Statuette analogue. Haut. 0,14.

566. — Déesse à la lyre, assise sur un dauphin nageant. Haut. 0,22.

***567.** — Aphrodite demi-nue et coiffée du diadème ; vestige de coloris. Trouvée en Grèce. Haut. 0,25.

***568.** — Femme debout, coiffée d'un haut chignon et tenant d'une main son vêtement. Statuette trouvée en Grèce. Haut. 0,29.

***569.** — Cavalier phénicien coiffé d'un casque, le cheval portant une armure ; pièce curieuse trouvée en Phénicie. Les pieds du cheval ont été restaurés. Haut. 0,32.

*570. — Quatre pièces en faïence émaillée, partie médiane d'un cestre, un gobelet, une aiguière, une plaquette de couleur brune émaillée d'une feuille d'acanthe de couleur verdâtre.

571. — Buste de Jupiter, en pierre rougeâtre simulant la terre cuite. Restauration en divers endroits. Haut. 0,42.

572. — Grande amphore à deux anses timbrées du sceau de la fabrique avec la rose de Rhodes. Haut. 0,89.

*573. — Vase corinthien en terre cuite. Sa panse sphérique, surmontée d'un court goulot muni de trois anses représentant Astarté, est contournée d'une large frise d'animaux et de rosaces qui contribue à faire de ce vase un type bien caractéristique des pièces de ce genre. Haut. 0,23.

574. — Treize terres cuites d'époque et de provenances diverses.

575. — Trente-cinq lampes en terre cuite de grandeurs diverses et d'ornementation, époques coptes et romaines.

576. — Trente têtes en terre cuite de basse époque, représentant des divinités et personnages divers.

577. — Sept vases religieux en terre cuite, en forme d'ampoules, ornés de vignettes et d'inscriptions chrétiennes, époque copte et byzantine.

578. — Quarante-six figurines en terre cuite, représentant Eros enfant, Mercure, bouffons, Vénus, Astarté, sphinx, cavaliers, faunes, un buste d'Aphrodite ; basse époque.

579. — Soixante vases en terre cuite de provenance, d'époques, de formes et de grandeurs diverses.

580. — Six bols avec pieds en terre cuite, émaillée, travail cypriote du moyen âge, orné de dessins géométriques.

581. — Vingt-deux pièces en terre émaillée de différentes époques du moyen âge, vases, plateaux, etc.

582. — Trois poires dites à feu grégeois en terre ornementée.

Mosaïque

***583.** — Mosaïque circulaire romaine trouvée dans la Basse Egypte, représentant un jeune homme, peut-être Adonis, assis à l'entrée d'une grotte entre deux bergers asiatiques, un aigle plane au-dessus de leurs têtes. IVᵉ siècle (ap. J.-C.). Diam. 0,62.

Têtes de sarcophages polychromes[1]

584. — Tête romaine, dont une partie de la chevelure noire, courte et bouclée, fait défaut; le personnage porte une barbe noire frisée et une moustache coupée rase et tombante. Yeux émaillés de pâte de verre, type romain. Haut. 0,27.

585. — Tête de femme, aux cheveux noirs calamistrés, coiffée d'un diadème fleuri, les oreilles ornées de pendentifs de style grec. Haut. 0,26.

586. — Tête d'homme barbu, ses cheveux bouclés retombent sur le front, yeux émaillés. Type romain. Haut. 0,26.

587. — Tête d'enfant aux cheveux courts, yeux émaillés, l'oreille droite entourée d'un pendentif doré; type syrien. Haut. 0,23.

*** 588.** — Tête de femme, chevelure ondulée descendant en tuyaux devant les oreilles, le chignon noué à droite de la nuque; les oreilles sont ornées de boucles en or, les yeux sont émaillés; type gréco-romain. Haut. 0,25.

---

[1] Cette précieuse série de têtes provenant des nécropoles du Fayoum (Moyenne Egypte) est très intéressante au point de vue de l'intérêt psychologique qu'elle nous offre en mettant sous nos yeux une étude complète avec tous les enseignements techniques de la polychromie de ce temps. L'ensemble des traits caractéristiques et individuels de toutes les races et de toutes les classes de la Société de l'Egypte gréco-romaine du rᵉʳ au vᵉ siècle du Christianisme, sont représentées dans ces portraits. Les traits tantôt fins, tantôt vulgaires, donnent une idée exacte de cette population bigarrée; le type moderne de quelques-unes frappe l'attention.

589. — Tête d'enfant aux cheveux courts, aux yeux émaillés, les chairs d'une belle couleur brune, type berbère. Haut. 0,25.

***590.** — Tête d'enfant au visage délicat, aux cheveux retombant sur le front, style grec. Haut. 0,21.

591. — Tête d'enfant, cheveux coupés ras sauf quelques nattes roulées en chignon sur la nuque, yeux émaillés, oreilles ornées de boucles dorées; le cou est ceint d'un collier or et émail rouge; type du Soudan. Haut. 0,19.

***592.** — Deux têtes d'enfant, l'un à cheveux courts et bouclés, l'autre à chevelure bouclée retombant sur le front, et aux yeux émaillés; types romains. Haut. 0,16.

593. — Trois têtes, homme et femmes. Yeux émaillés, types gréco-romains. Haut. 0,22.

594. — Deux têtes de femme, types gréco-romains. Haut. 0,28 et 0,21.

595. — Petite tête de femme diadémée, aux oreilles ornées de boucles, type romain. Haut. 0, 17.

596. — Deux têtes d'adolescents, yeux émaillés et dont l'un porte un collier orné d'un médaillon; types gréco-romains. Haut. 0,20 et 0,19.

597. — Tête de femme, cheveux calamistrés, oreilles ornées de boucles dorées, yeux émaillés et fardés, cou portant un collier or et émail ton émeraude; type syrien. Haut. 0,23.

598. — Deux têtes homme et femme, type gréco-romain. Haut. 0,26 et 0,28.

Bijoux. — Amulettes. — Pierres gravées. Petites pièces d'orfèvrerie.

*599. — Grand collier en or formé d'une double rangée de maillons incurvés, avec pendentif offrant, dans un encadrement architectural flanqué de deux colonnettes en pâte de verre couleur lapis, une intaille de forme ovale représentant la Muse Erato sur un trône orné d'un oiseau.

600. — Paire de bracelets torsades en or. Travail romain.

601. — Paire de bracelets en or. Travail romain.

602. — Paire de bracelets, or à oves plates. Travail romain.

603. — Collier or, chaîne bouclée avec fermoir représentant une tête de Méduse, pendentif Eros ailé.

604. — Collier or, chaîne tressée, fermoir rosace à jour, précédé de deux médailles filigranées avec pendentif d'un sou d'or de Trajan.

605. — Collier, 12 perles fines, 13 perles pierre d'émeraude montées sur or, fermoir médailles lisses et sans inscription. Travail romain.

606. — Longue chaîne tressée avec pendentif d'un sou d'or de Vespasien.

607. — Longue chaîne d'or à deux coulants représentant Cerunnos et Mars debout; pendentif forme cœur avec inscription grecque. Travail romain.

608. — Deux pendants d'oreilles or avec retombée de têtes de bovidés. Travail phénicien.

609. — Paire de pendants d'oreilles or avec retombée d'or filigrané et perles fines. Travail copte.

610. — Paire de pendants d'oreilles or, rosaces à douze boules ornées au centre d'une turquoise. Travail copte.

611. — Pendentif or à chaînette, représentant un génie portant les bras au cou. Travail romain.

612. — Un grand cachet anneau en bronze, gravé en intaille, d'un buste d'empereur romain. Travail romain.

613. — Chaîne or tresse filigranée avec fermoir roseau martelé, pendentif croissant. Travail romain.

614. — Chaîne or formée d'anneaux, fermoir rosace filigranée, pendentif croissant. Travail romain.

615. — Chaîne or à anneaux plats et en forme du chiffre 8, fermoir rosace filigranée. Travail romain.

616. — Petit collier composé d'une étoile or filigranée, cinq petits médaillons de même nature et de même travail, et de perles en pâte de verre couleur verte.

617. — Bandeau or avec tête de Méduse repoussée. Travail byzantin.

618. — Deux pendants d'oreilles or avec retombée de têtes de bovidés. Travail phénicien.

619. — Paire pendants d'oreilles or (anneaux à boutons). Travail romain.

620. — Paire de pendants d'oreilles. Anneau torsade. Travail romain.

621. ——— Anneaux en torsade. Travail romain.

622. ——— Anneaux à rosaces avec retombées. Travail romain.

623. ——— Avec deux perles en pâte de verre et retombées. Travail romain.

624. ——— Anneaux en torsade.

625. ——— Anneaux renflés, têtes d'Hathor. Travail d'Égypte romaine.

626. ——— Anneaux fines torsades et boutons. Travail romain.

627. ——— Avec carrés enchâssés de pâte de verre et garnis de retombées.

628. —— Même modèle.

629. — Un pendant d'oreille ellipsoïde garni de quatre perles fines. Travail romain.

630. ——— Orné de deux perles fines et d'une perle d'émeraude. Travail romain.

631. ——— Orné d'une perle fine.

632. ——— torsade avec tête de génie. Travail romain.

633. — Trois pendants d'oreilles; torsades avec Eros. Travail romain.

634. — Bague avec chaton à intaille cornaline représentant une victoire.

635. ——— Ornée d'un beau grenat oriental en cabochon. Travail romain.

636. ——— Avec intaille en jaspe rouge. Travail romain.

637. — Trois bagues à chaton en onyx.

638. ——— d'enfants, or massif.

639. — Pendentif en forme de massue d'Hercule, en or.

640. — Paire pendants d'oreilles or formées de deux chaînes tressées courtes et épaisses, terminées par des boules filigranées à jour. Travail byzantin.

641. — Paire de pendants analogue aux précédents, mais terminés par deux perles fines .Travail byzantin.

642. — Paire de grands pendants d'oreilles torsade or, ornés de deux rosaces finement ciselées et filigranées à jour. Travail byzantin.

643. — Paire de pendants analogue aux précédents avec trois rosaces filigranées à jour. Travail byzantin.

644. — Deux feuilles en argent avec inscriptions grecques cabalistiques. Trouvées en Phénicie.

645. — Trois feuilles en argent avec inscriptions en langue hébraïque cabalistiques. Trouvées en Phénicie.

* **646.** — Feuille en or avec même inscription. Trouvée en Phénicie.

647. — Pendentif, carré, or, avec inscription votive en caractères grecs.

648. — Pendentif rectangulaire avec, sur chaque face, cinq points en relief.

649. — Bractée en argent ciselé en relief, d'un génie dans son naos. — Travail Copte.

650. — Épingle copte en argent. — Un fruit de cyprès en argent. Copte. — Deux bagues d'enfant or. Rome. — Petite bractée or. Rome. — Pendentif or, boule ouvragée. Byzance. — Boucle d'oreille, perle d'émeraude et grenat. Rome.

* **651.** — Bracelet en argent à deux têtes de serpent. Travail phénicien.

* **652.** — Fibule à navicella en bronze.

* **653.** — Intaille en cornaline, représentant six personnages en file devant deux roues, et une femme debout sous un arbre, avec, au-dessus de sa tête, une étoile et un amour ; dans le champ un monogramme et deux lignes d'inscription grecque.

* **654.** — Quatre amulettes en étain enchâssant sous verre des oiseaux et une croix Byzance.

* **655.** — Scarabéoïde en cornaline à deux faces. Sur la face antérieure, un croissant en intaille entre deux étoiles ; au-dessus se trouve un globe ailé avec une ligne d'inscription phénicienne. Sur la face postérieure un croissant en intaille avec une seule étoile, un globe ailé et inscription phénicienne.

***656.** — Cylindre en hématite, représentant un personnage combattant un sanglier, avec, au-dessus, une inscription phénicienne.

***657.** — Petit cylindre en agate à inscription chaldéenne représentant deux personnages agenouillés devant un arbre ; au-dessus de leurs têtes trois oiseaux.

***658.** — Cylindre assyrien en sardoine, représentant trois personnages avec trois lignes d'inscription verticale.

***659.** — Tête d'Aphrodite en argent, chevelure ondulée et nouée en chignon sur la nuque, intéressante par la beauté du visage et par l'expression délicate des traits. Haut. 0,08.

660. — Vénus anadyomène, nue et debout, argent. Haut. 0.04.

Bijoux à montures modernes

---

661. — Chaîne de montre or à seize intailles antiques, cornalines et onyx d'époque gréco-romaine.

662. — Collier double chaîne or à vingt-deux camées, pierres dures diverses. Travail italien.

663. — Bracelet orné de sept médaillons émail représentant les bustes de personnages persans du moyen âge.

664. — Collier or composé de rosaces filigranées avec retombées de perles fines et de coraux. Damas.

665. — Paire de pendants d'oreilles or ornés de perles fines. Travail arabe du moyen âge.

666. — Deux médaillons à intailles antiques. — Jaspe vert (abraxas). — Jaspe rouge représentant Hercule étouffant le lion de Némée. Inscriptions grecques sur les deux faces.

667. ——— Cornaline représentant Mars. — Cornaline représentant Vénus.

668. ——— Grand onyx représentant le soleil, entre deux épées croisées, un brûle-parfums et un autel d'offrandes. — Intaille en cornaline gravée sur les deux faces. : Victoire debout nue et Vénus avec l'Amour.

669. ——— avec camées. — Tête de femme voilée. — Impératrice romaine.

670. — Trois médaillons avec camées : Profil de vieillard barbu. — Profil de Jupiter. — Tête d'Ariane.

671. — Sept camées de différentes époques et à sujets variés : Tête de Méduse, de Diane, etc.

672. — Epingles de cravate or à intailles, représentant l'une Jupiter, avec un aigle et deux Victoires, l'autre un profil de femme diadémée cornaline et grenat.

673. — Deux bagues or : Intaille en cornaline, tête profil d'Alexandre. — Intaille jaspe vert, profil diadémé.

674. — Deux bagues or : intaille cornaline, profil d'Apollon ; intaille sardoine, profil de Cérès.

675. — — Intaille cornaline, profil de Sérapis. — Idem, profil d'adolescent.

676. — Trois bagues. Intaille cornaline, profil de personnage indéterminé. — Chaton mobile en lapis. — Chaton en améthyste.

677. — Quatre pièces. Cachet représentant une gazelle entre deux étoiles, inscription grecque ; pastelle en quartz ; deux petites pièces en cuivre doré.

Monnaies

678. — Quatre tétradrachmes d'Alexandre le Grand. Au revers, Jupiter assis.

679. — Cinq tétradrachmes de Ptolémée ; au revers, aigle sur la foudre.

680. — Cinq tétradrachmes de Ptolémée.

681. — Six tétradrachmes divers dont un douteux.

682. —- Trois tétradrachmes d'Alexandre Ægus.

683. — Petite monnaie d'or d'Athènes, pièce douteuse.

684. — Sou d'or d'Antonin le Pieux.

* **685.** — Deux tétradrachmes d'Antiochus Ier, parfaite conservation ; au revers, Apollon assis tenant l'arc et la flèche.

686. — Cinq sequins d'or de Venise.

687. — Une pièce d'or, d'Espagne, aux noms de Ferdinand le Catholique et d'Isabelle II.

Verreries

* **688.** — Petit vase phénicien de forme cylindrique en pâte bleue semi-opaque, orné de deux mascarons appliqués à chaud et entourés d'empreintes carrées qui ont dû contenir des incrustations. Haut. 0,07.

* **689.** — Gobelet en pâte verdâtre, orné de quatre cercles travaillés autour, belle irisation nacrée. Haut. 0,09.

* **690.** — Goulot de Omom en pâte verte à irisations très chatoyantes ; monture moderne en or. Haut. 0,11.

* **691.** — Vase à large goulot et panse striée. Haut. 0,12.

* **692.** — Biberon. Haut. 0,04.

* **693.** — Plateau irisé. Diam. 0,24.

* **694.** — Plateau irisé. Diam. 0,17.

* **695.** — Plateau irisé. Diam. 0,12.

* **696.** — Bol à pied, irisations très colorées. Diam. 0,06.

* **697.** — Bol à pied. Haut. 0,04.

* **698.** — Bol à pied. Haut. 0,04.

* **699.** — Gobelet irisé. Haut. 0,07.

* **700.** — Flacon irisé. Haut. 0,09.

* **701.** — Vase à pied en verre translucide. Le pourtour est orné de sept rosaces taillées en relief ; goulot en forme d'entonnoir à dessins moulés, anse coudée à fleuron. Travail byzantino-arabe. Haut. 0,17.

* **702.** — Gobelet à anse coudée, panse cintrée et ornée de sept oiseaux à la file et de sept rosaces taillées en relief, même travail que le numéro précédent. Haut. 0,12.

* **703.** — Bouteille à long goulot cylindrique évasé, panse oviforme, munie d'un pied circulaire. Haut. 0,22.

* **704.** — Bouteille en pâte jaunâtre, ornée de deux anses en pâte verte, goulot enrubanné, panse striée. Haut. 0,25.

* **705.** — Bol à pied, en pâte translucide à belle irisation arc-enciel. Haut. 0,08.

* **706.** — Canthare. Haut. 0,08.

* **707.** — Flacons jumeaux à collyre, à anses festonnées, panses cannelées et enrubannées, belles irisations nacrées. Haut. 0,17.

* **708.** — Bol à pied à bords recourbés, d'une somptueuse irisation. Haut. 0,05.

Manuscrits et livres

709. — Manuscrit arabe, dans sa reliure originale à décor de rosaces.

710. — Manuscrit grec, relié.

711. — Vingt-quatre fascicules, contenant chacun un chapitre du Koran en belle calligraphie arabe ; reliure chagrin avec écusson.

712. — Koran manuscrit, petit format, relié.

713. — Idem.

714. — Idem.

715. — Idem.

716. — Idem.

717. — Koran manuscrit, petit format, relié.

718. — Idem.

719. — Idem.

720. — Idem.

721. — Idem.

722. — Ancien manuscrit arabe, relié.

723. — Chapitre du Koran, relié.

724. — Quatorze reliures de livres et manuscrits anciens.

725. — Deux rouleaux manuscrits arabes.

726. — Parchemin hébraïque à vignettes polychromes.

727. — Trois rouleaux, copies de sujets égyptiens ; peintures modernes.

Divers

728. — Coffre en noyer, sculpté de deux frises à personnages et flanqué aux angles de deux figures. Travail arabe dans le style italien. xviie siècle. Long. 1,58 ; haut. 0,57.

729. — Coffre, à trois tiroirs placés sous la caisse, orné de garnitures en cuivre finement gravées et ajourées. Travail arabe. xviiie siècle. Long. 1,43; haut. 0,61.

730. — Une statuette, verseuse de libation. Haut. 0,47.

731. — Cinq pièces en bronze de provenances et d'époques diverses.

732. — Une sébile en corde de papyrus.

733. — Une tête en marbre.

734. — Plateau en cuivre émaillé. Travail japonais.

735. — Triptyque à charnière, bois et ivoire, style italien du xive siècle.

736. — Gargoulette en faïence blanche, avec inscription colorée en bleu. Travail arabe. Haut. 0,20.

737. — Vase à anse, terre émaillée verte. Haut. 0,27.

738. — Plateau et soupière en faïence. Travail italien (?).

739. — Deux pains d'offrande en pierre calcaire, époque copte.

740. — Huit moules en pierre et en bois.

741. — Sept boîtes en bois et une sébile. Travail chrétien des premiers siècles.

742. — Vingt pièces diverses.

743. — Cent quarante tessères en verre, époques byzantine, arabe et copte.

744. — Deux patères en terre noire.

745. — Six armes en pierre et silex de beau travail.

746. — Treize pièces et fragments porcelaine, verrerie, terre cuite, etc.

747. — Trente pièces en os et ivoire.

748. — Seize pièces diverses en bois.

749. — Vingt-neuf poids en pierre, bronze et en verre.

750. — Lot d'empreintes en terre cuite, authenticité douteuse.

ÉVREUX, IMPRIMERIE DE CHARLES HÉRISSEY

www.ingramcontent.com/pod-product-compliance
Lightning Source LLC
LaVergne TN
LVHW021731170726
843503LV00004B/1505